블라섬
셰어하우스

블라섬 셰어하우스

은상 지음

초판 1쇄 발행일 2024년 4월 8일

펴낸이 이숙진 **펴낸곳** (주)크레용하우스 **출판등록** 제1998-000024호

주소 서울 광진구 천호대로 709-9 **전화** (02)3436-1711 **팩스** (02)3436-1410

인스타그램 @bizn_books **이메일** crayon@crayonhouse.co.kr

* 빚은책들은 재미와 가치가 공존하는 ㈜크레용하우스의 도서 브랜드입니다.
* KC마크는 이 제품이 공통안전기준에 적합하였음을 의미합니다.

ISBN 979-11-7121-055-8 04810

블라섬 셰어하우스

은상 지음

빚은책들

차례

프롤로그

난 균형 유지자이자 봉사자.

인간의 말로 표현하자면 악마 혹은 천사.

그중 나는 부정적 기운, 즉 네거티브 에너지를 관장하니까 악마라고 불리는 쪽이다.

하는 일은… 마스터라고 할까? 서울 외곽에서 셰어하우스를 운영한다.

악마가 무슨 셰어하우스냐고?

무슨 일을 하든 상관없다.

내 목적은 앞에서도 말했듯이 네거티브 에너지를 모으는 거니까.

난 셰어하우스에 사는 세 명의 여성으로부터 네거티브 에너지를 만들 예정이다.

그들에게 '희망'을 주는 방식으로.

희망이 어떻게 네거티브 에너지가 되느냐고 묻기도 하더군.

희망을 주고… 그걸 다시 빼앗는다면?

인간은 사랑을 희망과 같은 포지티브 에너지라고 생각하지. 하지만 사랑은 또한 네거티브 에너지를 만드는 원천이기도 하다.

그것을 얻었을 때는 포지티브 에너지가 극도로 발생하지만, 그걸 잃게 되면, 그것도 다시는 돌려받을 수 없다면, 희망은 절망으로, 기쁨은 슬픔으로 바뀔 터이다.

에너지의 대전환!

인간은 꼭 물어보더군, 왜 그런 일을 하느냐고.

'왜'가 꼭 있어야 하나?

나는 '왜'를 생각하지 않는다.

그냥 하는 거다. 그것이 나의 일이자, 봉사니까.

1부

그놈

야근하는 날, 빛나는 밤

최종-3.

진짜최종.

은서는 언제 끝날지 모르는 파일명을 수정하고 있었다. 아마도 '진짜최종'이라고 붙인 파일명도 분명 '진짜' 최종은 아닐 것이다.

진짜최종의최종, 진짜최종의최최종, 진짜최종의최최종-2….

이렇게 파일명이 끊임없이 늘어나다가, 결국 초안2라고 이름 붙인 파일과 유사한 디자인으로 낙찰되겠지.

배도 고프고, 시간은 여섯 시를 향해 가고 있었다.

"은서 씨, 나 오늘 밖에서 미팅이 있으니, 최종 시안 나한테 메일로 보내주고 퇴근해. 문단속 잘하고."

김 과장은 그렇게 말하고 뒤도 돌아보지 않고 나가버렸다.

미팅은 무슨. 어디서 술이나 퍼 마시다가 내일 아침이 돼서야 시안 확인하겠지.

문뜩 고개를 돌렸을 때, 사무실 창밖으로 불광천변이 보였다. 고개를 푹 숙이고 출근한 아침에는 미처 느끼지 못했지만, 4월 이맘때 늘 그랬듯이 천변을 따라 벚꽃이 흐드러지게 피어 있었다. 조금 있다가 가로등이 켜지면 더 희게 피어나 보이겠지.

은서는 자신도 모르게 창 가까이 다가가 눈을 가늘게 떠 보았다. 흐드러지게 피어난 것뿐이 아니라, 한 잎 두 잎 꽃잎이 떨어지기 시작하는 것도 있었다. 이제 며칠 지나면 꽃잎이 눈처럼 날리다가 모두 사라질 참이었다.

그럴 수 없었다. 그냥 이대로 보낼 수 없었다. 저 벚꽃이 떨어지면 나도 사라지리라!

은서는 고등학교 동창이자 셰어하우스에서 같이 지내고 있는 민영에게 전화를 걸었다.

신호는 울리지만 전화를 받지 않았다.

이런 일이 한두 번이 아니기에 은서는 카톡창을 열고 메시지를 보냈다.

「미농, 우리 벚꽃놀이 하자. 7시까지는 퇴근할 수 있어.」

5분쯤 지나자, 민영에게서 답장이 왔다.

「미안, 오늘 마감이라 나갈 수 없어.」

아니, 무슨 독자도 없는 웹소설을 마감한다고….

그렇게 메시지를 보내려다가 은서는 참았다. 상처가 될 것을 알았기 때문이고, 마음속으로는 민영을 응원하고 있었기 때문이다.

「OK」 하고 쿨하게 메시지를 보내고 나서 주소록을 뒤져 보았으나 불러낼 사람이 아무도 없었다.

또 창밖으로 벚꽃잎이 한 움큼 떨어지는 게 보였다.

도저히 참을 수 없었다. 오늘이 아니면 안 된다. 그런 마음이 생겼고 그 마음은 결심이 됐다.

은서는 '사다리치킨_간판'이라는 폴더에서 '시안-2' 파일을 찾았다. 어차피 시안-2로 마무리될 거였다.

"그런데 이게 사다리가 그 높은 곳 올라갈 때 쓰는 사다리예요?"

"글쎄, 다리가 네 개라서 사다리 아닐까? 클라이언트가 그렇게 말한 것 같은데?"

"닭이 왜 다리가 네 개예요?"

"몰라 나도."

김과장은 그렇게 말했었다. 정작 왜 사다리인지는 정확하게 알지 못했다.

'혹시 사다리 타고 올라간다'의 사다리면 어쩌지?'

닭의 다리가 네 개인 것보다, 사다리로 높은 곳을 올라가는 게 더 희망적으로 보였다. 하지만 다리가 네 개라고 하니 은서는 말대로 다리가 네 개 달린 닭을 그려주었다. 미대를 졸업하고 내 창의성을 마음껏 발휘하는 순수미술 작가로 활동할 줄 알았다 그런데 영문도 모르고 간판에 닭을 그리고 있노라면 살짝 자괴감이 오기도 했다.

"이건 너무 기괴하지 않아? 방사능 먹은 닭 같잖아."

김 과장은 시안을 보고 그렇게 말했다. 그러면 명확히 어떤 디자인을 원하는지 알려주든가!

눈에 잘 띄게, 하지만 고급스럽게, 심플하지만, 화려하게. 김 과장은 별 말도 안 되는 이유를 달아 시안의 개수만 늘려나갔다.

"그냥 좀 하라면 해라."

김 과장은 그렇게도 말했다. 뭘 하라고 말하지도 않았으면서. 김 과장만 생각하면 퇴사에 대한 욕구가 끊임없이 끓어오른다. 퇴사만이 이 험한 세상을 살아나게 하는 탈출구와 같았다.

은서는 파일의 하얀 바탕에 흰 글씨로 사직서라고 쓴 레

이어를 올렸다. 원본 파일을 열어서 레이어를 확인해봐야 알 수 있을, 은서만의 사직서였다.

'뭐, 진짜로 열어봐도 좋고' 하고 은서는 생각했다.

은서는 닭의 다리 네 개에 알록달록 신발을 신겼다. 그리고 배경에 혹시나 몰라 사다리를 깔았다. 그리고 파일 이름을 바꿨다.

'더이상수정할수없는최종파일.'

그리고 김 과장에게 메일로 발송했다. 오늘 클라이언트에게 보낸다는 말도 거짓일 거다. 메일이 온 것만 확인하고 어차피 내일 보내겠지.

김 과장은 그래야 야근을 시킬 수 있으니까 매번 재촉하고 파일을 보내라고 한 뒤 퇴근한다. 다음 날 보면 눈이 빨갛게 돼 있다. 분명 감자탕집에서 한잔한 것이다. 누구는 일하고, 누구는 술 마시고. 그래도 연봉은 김 과장이 당연한 듯 많다.

은서는 가방을 챙겼다. 오늘은 무슨 일이 있어도, 혼자라도 벚꽃놀이를 즐겨야 했다. 오늘 즐기지 못하면 인생도 끝장날 것 같다는 이상한 예감까지 들었다.

은서는 가방을 어깨에 둘러메고 사무실 2층 창을 통해 다시 한번 불광천변을 살펴보았다. 아직 어둠이 완전히 내리지는 않았지만 가로등이 붉을 밝히기 시작했다. 사람은 여전히 많았다. 아니, 더 많아졌다.

그런데 검은 셔츠에 검은 바지, 귀를 덮는 곱슬머리, 기르는 건지 그냥 긴 건지 모르는 수염, 나이는 서른에서 마흔 사이로 보이는 그 남자가 벚꽃 사이에서 이 사무실 창문을 유심히 보고 있었다.

마스터다!

자신을 '집주인'이 아니라 마스터라고 불러달라고 한 그 남자. 쉽게 말해 은서가 살고 있는 셰어하우스의 주인이다.

왜 저 사람이 저기 서서 이쪽을 쳐다보고 있지?

은서는 자신도 모르게 창문에서 한 발짝 떨어졌다. 이 안쪽이 보일지도 모른다는 생각 때문이었다. '피할 이유가 전혀 없는데….' 매달 집세도 꼬박꼬박 잘 내고 있고, 기물을 부수거나 같이 지내는 사람하고 문제를 일으킨 적도 없었다. 그런데도 은서는 이상하게 마스터만 보면 피하고 싶었다.

'우연이겠지?'

은서는 다시 한번 가방을 움켜쥐고 창밖을 내다 보았다. 마스터는 사라지고 없었다.

'휴~.'

은서는 나지도 않은 땀을 닦는 척을 하고, 가방을 어깨에 둘러멨다.

'그래, 나가는 거야. 더는 이렇게 살 수 없어!'

당당히 문을 걷어차고 나가고 싶었지만, 문 옆에 있는 '경

비 시작' 버튼을 누르고 나서야 조용히 밖으로 빠져나갈 수 있었다. 어쨌든 탈출이다.

손에 떨어진 벚꽃

벚꽃놀이가 별건가, 이게 벚꽃놀이지.

은서는 손에 든 맥주 캔을 보며 생각했다. 캔에 벚꽃이 화려하게 그려진, 벚꽃 에디션이었다. 평소 좋아하는 브랜드는 아니지만, 모양이 예뻐서 골랐다.

은서가 계산대에 맥주를 올려놓자, 편의점 주인이 말했다.

"이거 지금 이벤트 중이라, 만 원에 네 캔이에요."

'음… 전 같이 마실 사람이 없는걸요'라고 말하려다 참았다.

"그냥 한 캔만 주세요."

삑!

대답은 바코드 리더기가 대신했다.

호기롭게 맥주를 사서 나왔지만 마실 곳이 없었다. 편의점 앞 테이블은 이미 등산복을 입은 아저씨들이 차지했고, 불광천변의 벤치는 산책 나온 가족 차지였다. 한 사람쯤은 벤치에 같이 앉을 수 있겠지만 아이를 데리고 나온 그들 옆에 앉아 맥주를 홀짝거릴 수는 없었다.

호기롭게 시작했다가 마무리를 흐지부지한 것이 언제나의 자신 같아서, 은서는 맥주 캔을 조용히 가방에 집어넣고, 불광천을 따라 한강 방면으로 걷기 시작했다.

H대 미대에 입학했을 때는 세상을 다 가진 것 같았는데…. 그리고 졸업도 하기 전에 주목받는 작가가 될 줄 알았는데…. 졸업한 지금은 원래 살던 동네에서, 붓 대신 마우스를 자주 잡는, 말로만 디자이너가 돼 있다. 이러려고 한 게 아니었는데….

눈앞에는 흰 벚꽃이 만발해 있는데 마음속에서는 계속 검은 우울만이 올라왔다.

은서는 그러다 눈앞에 날리는 벚꽃에 손을 내밀었다. 그러자 일부러 잡으려 한 것도 아닌데, 벚꽃 하나가 살포시 손 위에 내려앉았다.

'떨어지는 벚꽃을 잡으면 첫사랑이 이루어진다고 하던데.'

은서는 꽃잎을 가만히 쳐다보며 떠올렸다. 첫사랑이 누구였더라? 중학교 다닐 때였나?

은서는 자신의 사랑을 정의할 수 없다는 게 서글펐다. 아주 열렬한 사랑이라도 해봤으면 억울하지도 않을 것이다. 아무리 생각해봐도, '썸' 이상의 단계로 나아가본 적은 없었다.

'나도 모태솔로에 속하는 건가?'

그런 쓸데없는 생각을 하고 있는데 낯선 목소리가 들렸다.

"은서야!"

거짓말처럼 벚꽃이 이뤄낸 분홍 세계 사이에서 한 남자가 나타났다. 그놈이.

이름 모를 그놈

키는 180센티미터는 될 것 같고, 머리는 짧지만 단정하다. 4월에 입기엔 조금 더울 것 같은 점퍼를 입고 있었고, 남색 바지는 길이가 딱 맞았다, 눈썹은 가늘지만 진했고, 쌍꺼풀은 없었다. 아주 세련된 모범생 스타일이었다.

하지만 은서에게는 이 사람에 대한 기억이 없었다.

"은서 맞지?"

은서는 '이 사람은 누구지?' 하고 생각했다. 하지만 반갑게 아는 척을 하는데 내색하기는 힘들었다.

"어. 근데…."

"D고등학교 웹툰 동아리. 맞잖아."

맞다. 은서는 고등학교 때 웹툰 동아리에서 활동했다. 입시에 도움이 될 것 같아서 그랬다. 그러면 고등학교 동창인가? 아마도 그렇겠지?

"그래, D고등학교. 너는…."

그놈은 치아가 보일 정도로 환하게 웃으며 말했다.

"너 나 기억 못 하는구나?"

"응, 미안."

"응? 언제부터 나한테 반말을 했지?"

은서는 당황했다. 친구가 아니었나? 선배였던가? 동아리 선배? 저 장난스러운 얼굴은 혹시?

"앗, 죄송합니다. 혹시 희수 선배님이세요?"

"아, 너 희수 선배님 좋아했었나?"

그는 크게 웃더니 말을 이었다.

"미안, 아니야. 그런데 네가 나를 못 알아본 벌로 이름을 알려주지 않는 답답함을 선사하겠어."

그는 조금은 장난스러운 웃음을 지었다. 그때부터 은서는 이 사람을 '그놈'이라고 부르기로 마음속으로 결정했다.

아마도 사회생활을 시작한 즈음이었던 것 같다, 은서가 사람을 대할 때 소극적으로 변한 게. 이전이라면 누군가 이런 장난을 치면 시원스럽게 맞받아친 듯한데 지금은 어떤 표정도 짓지 못하겠다.

그놈은 이런 은서의 마음도 알지 못한 채 사람 좋아 보이는 미소를 짓고 있었다.

그놈 뒤에 가로등이 켜져서 그런가? 머리 뒤에서 빛이 나는 듯한 느낌 또한 받았다.

“당황했구나. 뭐 그럴 만하지. 얼굴도 잘 모르는 사람이 갑자기 나타나서 말을 시키는 건 일부 종교적 목적이 있는 사람 외에는 별로 없을 테니까. 그런데 이것만 알려줄게. 나는 지금 상상도 할 수 없을 만큼 은서 네가 반가운 사람이야.”

“그, 그래 나도 반가워.”

이건 마치 ‘파인 땡큐, 앤 유’ 같은 반응이었다. 뭐가 반가운지, 아니 반갑기나 한 것인지 알 수 없었다. 그 와중에 벚꽃은 다시 한번 은서와 그놈 사이로 휘날렸다.

“여긴 무슨 일로 나왔어?”

그놈이 물어보았다.

은서는 손가락으로 회사 쪽을 가리키려다가 손을 황급히 접고 말했다.

“그냥 벚꽃 구경 좀 하려고.”

누군지 모르는 사람에게 회사까지 알려줄 수는 없다는 마음과 내가 원하지 않는 회사에 다닌다는 걸 숨기고 싶다는 마음이 동시에 든 것이다.

“그러면 잠깐만 같이 벚꽃 구경할래? 그러면 내 이름을 알려주는 상을 내릴 수도 있는데."

그런 상은 하나도 받고 싶지 않았다. 다만, 은서는 궁금했다. 자세히 보니 조금 익숙한 얼굴에서 왠지 그리움이 느껴졌기 때문이다. 그런데 설마 이름도 기억나지 않는 그놈이 내 첫사랑은 아니겠지?

은서는 다시 첫사랑을 떠올려 보았다.

초등학교 때, 같은 반에 다니면서 바로 옆에 살던 또 다른 그놈이 있었다. 얼굴이 하얀 편이고, 여자애들하고 잘 어울려서 친하게 지낸 것 같다. 그 아이는 툭 하면 우리집에 찾아왔고, 잘 웃는 그 아이를 은서의 부모님도 좋아했던 것 같다. 이름이 뭐였더라? 영식이었나?

"혹시, 영식이?"

은서는 그놈에게 물어보았다.

"땡. 누군지 모르겠지만, 내 이름은 아니야. 벌써 두 번째니까 나랑 같이 좀 걷는 벌을 추가해야겠어. 여기 지나다니는 사람도 많은데 이렇게 중간에 서 있을 수는 없잖아?"

괜히 내 마음에 미안함만 추가했다. 감자탕에 뼈 사리 추가하는 것도 아니고,

김 과장 때문에 갑자기 감자탕이 생각났다. 아무리 응암동 근처에 사무실이 있다고 해도, 김 과장은 회식이면 회식, 미팅이면 미팅, 무엇이든 감자탕 집에서 해결하려 했다. 감자

탕 집에 가서 빨간 국물에 들어 있는 돼지 등뼈를 건져서 쪽쪽 빨아 먹는 김 과장을 보며 은서는 항상 생각했다.

저 자식이 내 등골을 빼 먹고 있구나.

"은서야, 무슨 생각해?"

"감자탕."

은서는 자신도 모르게 대답하고 말았다. 잠시 다른 데 정신을 판 탓이다.

"감자탕? 이 와중에 갑자기? 너 정말 예전 그대로 재밌다."

그놈은 웃었다. 그것도 크게. 그런데 싫지 않았다.

내가 재미있었다고? 은서는 자신이 누군가를 웃게 할 수 있는 사람이라는 생각을 최근에는 해본 적이 없다. 셰어하우스에서 같이 사는 민영이도 '넌 매사에 너무 심각해'라고 말할 정도였다.

"그건 그렇고, 저기까지만 걷자."

그놈은 앞에 보이는 아치형 다리를 가리켰다.

"그래."

그놈이 잘 웃어주니, 마음이 놓이고 친근감이 들었다.

걸음을 옮기며 은서가 물었다.

"저 다리 이름이 뭔데?"

"몰라. 꼭 이름을 알아야 해?"

그놈은 미소를 잃지 않은 채 그렇게 대답했다.

물론 다리 이름을 몰라도 된다. 그러나 그놈의 이름은 꼭 알아야겠다.

은서는 그놈과 걸으며 다시 영식이를 떠올렸다. 첫사랑을 생각하는 순간에 그놈이 나타나서인지 자꾸 첫사랑이 머릿속에 맴돌았다.

초등학교 때 영식이는 정말 동네 친구였고, 이성적 감정을 느끼지도 않았다. 그렇다면 나의 첫사랑은 아무래도 중학교 때 그 아이다.

강평태. 지금 앞에서 걷고 있는 그놈은 강평태가 확실히 아니다. 강평태는 이름에 온갖 강한 글자는 다 갖다 붙여 놓았지만 눈앞에 있는 그놈만큼 건장하지 않았다. 오히려 유약했고 중학생밖에 안 된 녀석이 항상 우수에 젖은 눈동자를 하고 있었다. 은서는 그 눈동자를 좋아했었다.

평태는 항상 작은 스케치북을 가지고 다니면서 그림을 그렸다. 나뭇잎을 그렸고, 책에 나오는 그림을 따라 그렸고, 간혹 누군가의 초상화를 그려주기도 했다. 그래서 은서도 그림에 관심이 생기기 시작했다.

평태에게 잘 보이고 싶었다.

"엄마, 나 미술학원 다닐래."

"미술학원? 초등학교 때는 그렇게 다니라 그래도 싫다고 하더니 이제 본격적으로 공부해야 할 중학생이 미술학원?"

엄마는 물론 반대했다. 예술고등학교에 갈 생각이라면 이미 늦었다고 했다. 다른 애들은 이미 다 시작했다고.

은서는 예고를 다니려는 게 아니라 취미라고 부득부득 우겼다. 남자애한테 잘 보이려고 다니려 한다는 말은 차마 하지 못했다. 다만 성적 떨어지지 않을 테니 보내달라는 다짐을 했을 뿐이었다. 엄마는 '한 달만'이라는 단서를 달고 은서를 미술학원에 보내줬다.

은서는 미술학원이 재미있었다. 지금까지 이런 세계를 모르고 산 자신을 탓할 정도였다. 입시반이 아니라서 더 그랬는지도 모르겠다. 은서는 한 달이 거의 다 되었을 무렵 한 달을 더 연장했고 시험 성적도 잘 유지했다. 그리고 평태에게 접근했다.

"네 그림 좀 보여줄래? 요즘 그림을 배우는데 너한테 물어보고 싶은 게 많아."

평태는 우수에 젖은 눈빛으로 은서를 빤히 쳐다보았다. 그러더니 '씩' 하고 웃었다.

그날부터 은서와 평태는 1일이 되었다. 같이 그림을 그리러 다니고, 밥을 먹고, 주말에 영화도 봤다. 은서는 평태와 있을 때 가슴이 몽글몽글해지는 기분이었다. 오히려 그림 때문에 껄끄러워지기 전까지는.

그림으로 친해졌지만 문제는 평태가 '똥손'이라는 것이었다. 인체 비율도 전혀 맞지 않았고, 정물화를 그려도 추상화처럼 됐다. 처음에 은서는 그게 평태의 '예술적 감각'인 줄 알았다. 평태가 학원 이야기도 하지 않아서 학원도 다니지 않는 줄 알았다. 하지만 평태는 초등학교 때부터 미술학원을 다녔고, 얼마 전까지도 학원을 다녔다. 나중에 들은 말이지만 더 이상 실력이 늘지 않아서 학원을 원망하다가 관뒀다고 한다.

은서는 그림 실력도 나날이 늘어가고 있었고, 그림을 그리거나 그림을 이야기하는 것도, 미술전을 보러 가는 것도, 화가의 뒷이야기를 하는 것도 좋았다.

그래서 평태의 괴로움을 알지 못했다. 좋아하는 것이 있는데 못하는 사람의 마음. 이제야 그 마음을 조금 알 것 같다. 지금 은서가 그러고 있으니까. 10년이 지나서야 평태의 마음이 이해되기 시작했다.

어느 날 평태는 더는 그림을 그리지 않겠다고 선언했고, 공부해야 하니 앞으로 만나지 말자고 했다. 평태의 결정에 은서도 큰 영향을 끼쳤을 것이다. 평태는 그림에 대한 재능이 뛰어난 은서를 질투하고 있었다. 분명 자기가 더 좋아하고 더 오래 그림을 그렸는데 지금은 은서보다 누가 봐도 못한 실력이었다.

이름 없는, 아니 이름 모르는 다리에 올라서서 우리가 걸어온 길을 뒤돌아보았다. 약간 위에서 보는 불광천 벚꽃길에는 또 다른 아름다움이 있었다. 환한 대낮이 아니라서 가릴 것은 가려주는 그 광경이 좋았다. 그래 이게 벚꽃놀이지.

그리고 옆에 말없이 서 있는 그놈을 보았다. 첫인상은 강인해 보였지만 지금 보니 조금 섬세한 면이 있는 것 같기도 하다. 남자애들은 고등학교 때 가장 많이 변한다는 말을 들어본 적이 있다. 평태가 '정변'했다면 이런 모습이 돼 있을 것도 같았다. 혹시…. 혹시….

"혹시, G중학교 나온 강평태니?"

그놈은 은서를 돌아보더니 옅은 미소를 지었다. 우수에 젖은 눈동자인 듯도 했다.

그놈이 천천히 입을 벌렸다.

"나는…."

왜 이렇게 시간을 끄는 거야?

"강평태가…."

'지금 장난해?'

"아니야!"

"진짜, 지금 장난해?"

은서는 자기도 모르게 소리를 빽 하고 지르고 말았다.

"기대는 자기가 하고 왜 나한테 소리를 질러? 어쨌든 삼진

이야. 세 번의 기회 안에 내 이름을 맞히지 못했으니, 오늘은 내가 하자는 대로 해야 해!"

언제 그런 규칙이 있었지? 그리고 하자는 대로 뭘?

세상과 분리시키는 눈빛

자기 말대로 하자고 해놓고 그놈은 그냥 그렇게 다리 위에서서 천변을 따라 다리 아래로 쭉 이어진 산책로를 지나다니는 사람을 구경했다.

벚나무 사이사이 사람들이 옹기종기 모여 사진을 찍고 있었다. 은서는 문득 셀카를 찍고 싶었다.

은서는 스마트폰을 손에 쥐었다. 그리고 다리 위에서 아래 지나다니는 사람을 배경으로 사진을 찍었다. 인스타그램에 올릴 건 아니니까 사람들 얼굴이 찍혀도 별 상관 없었다. 은서는 카메라를 보고 활짝 미소를 지었다.

"좋다."

그놈이 말했다.

"뭐가 좋아?"

"네가 그렇게 활짝 웃으니까 좋아 보이네."

"음… 이건 영업용 미소라고나 할까?"

"셀카에 무슨 영업용 미소야? 그리고 넌 언제나 활짝 잘 웃었다니까."

은서는 또 고개를 갸우뚱했다. 항상 잘 웃었는지 전혀 기억이 나지 않는다.

"내가 힌트를 줬잖아."

그놈이 웃으며 말했다.

"무슨 힌트?"

"웹툰 동아리!"

'아, 맞다. 처음에 웹툰 동아리라고 했는데, 왜 난 초등학교나 중학교를 떠올린 거지?'

은서는 멍청한 자신을 탓하며 자기 머리를 탁탁 두드렸다.

그놈은 다 안다는 듯 빙긋이 또 웃었다. 미소만은 매력적인 놈이었다.

"흠… 너도 같이 사진 찍을래?"

은서는 그놈에게 제안했다. 하지만 그놈은 예상과는 다르게 고개를 가로저었다.

"사진 찍히는 게 싫어? 뭐, 그럴 수도 있지."

은서가 그놈 옆으로 슬쩍 다가서면서 다리 아래를 우연히 바라보았는데, 그 남자가 또 서 있었다. 이번에는 확실히 이쪽을 보고 있었다. 이 이름 모를 다리는 사람만 건너다니는 작은 다리라서 높이가 그리 높지 않다. 그래서 아래 지나다니는 사람의 얼굴이 똑똑히 보인다.

날이 많이 어두워졌지만, 확실하다. 마스터다.

마스터가 이쪽을 관찰하고 있었다. 나와 그놈이 서 있는 이쪽을.

은서는 온몸에 소름이 돋는 걸 느꼈다. 모르는 사람은 아니지만, 왜 이렇게 사람을 이렇게 뚫어져라 쳐다보는 거지? 은서는 인사해야 할지 말아야 할지 망설였다.

아니 인사가 문제가 아니었다. 마스터와 눈을 마주치는 순간부터 목소리도 나오지 않고, 몸을 움직여 보려 해도 움직이지 않았다. 마치 가위에 눌린 듯했다. 다 보이고 들리는데 아무것도 할 수 없었다.

'이거 무슨 증상이야? 이제 겨우 스물여섯인데.'

갑자기 은서는 무서운 생각이 들었다. 그놈한테라도 도움을 요청하고 싶었다. 하지만 고개가 돌아가지 않았다. 겨우 눈동자를 돌리니 그놈의 형체가 어렴풋이 보였다. 그놈도 다리 아래를 내려다 보며 꼼짝도 하지 않고 서 있었다.

다시 눈동자를 움직여 마스터를 쳐다보았다. 그런데 이제 주변 소리도 들리지 않고, 시야도 점점 어두워지고, 아니 환해지고 있었다. 마치 맨눈으로 태양을 바라본 것처럼.

'도대체 이게 뭐야? 이게….'

누군가에게 전해지는 위로

잠시 후 다시 소리가 들리고 시야가 정상으로 돌아왔다.

'여기는….'

이게 깨어 있는 동안 꿈을 꾼다는 백일몽인가, 하는 생각도 들었다. 여기는 기억이 난다. 교실이다. 그것도 고등학교 때의 교실.

그때 민영이 교실로 들어왔다. 민영은 고등학교 시절 그 모습 그대로다. 교복까지 그대로다. 고등학교 시절로 돌아온 것인가? 당장 은서는 민영에게 달려가 이게 어떻게 된 일인지 물어보고 싶었다. 하지만 다 보이고 들리는데 몸이 움직이지 않았다.

민영은 은서와 눈이 마주쳤는데 마치 다른 사람을 찾는 듯 두리번거리기만 한다.

그러다가 어쩔 수 없다는 듯 한손을 들어 살짝 흔들며 인사한다.

"안녕."

그러자 은서는 자신이 인사를 하는 걸 '느낄' 수 있었다. 한쪽 팔이 수줍은 듯 올라가더니 인사를 한다.

"어, 안, 안녕."

남자! 남자 목소리였다. 분명 은서가 말하고 있고, 은서의 눈으로 보고 있지만, 여기서 나오는 목소리는 남자아이의 목소리였다.

"은서 못 봤어?"

민영이 물어봤다.

"어, 못, 못 봤어."

남자아이는 살짝 말을 더듬으며 대답했다. 은서는 자신이 누군가의 몸에 들어와 있다는 사실을 깨달았다. 어떤 남자아이의 몸이다. 자기가 직접 말하거나 행동할 수는 없지만 이 남자아이의 눈과 귀로 모든 걸 알 수 있다. 그리고 감정까지도….

이 남자아이가 '은서'라는 말을 들을 때마다 가슴이 쿵쾅거릴 정도로 뛴다는 것도 알 수 있었다. 설렘이었다. 감정이 안에 있는 은서에게로 곧바로 전달돼 왔다.

그때 문이 열리더니 고등학생 은서가 교실로 들어왔다. 은서는 밝게 웃다가 갑자기 인상을 쓰며 민영과 남자아이 모두에게 인사했다.

"안녕, 똥 싸고 오느라고 늦었다."

"뭐래, 미쳤냐?"

민영이 응수하자 은서는 큰 소리로 웃었다.

남자아이는 부끄러워하며 아무 말도 하지 못했다. 남자아이 속에서 현재의 은서는 그때의 은서가 부끄러웠다.

'내가 고등학교 때 저랬나?'

은서는 어렴풋이 기억했다. 럭키짱이라는 만화에 나오는 대사였다. 실제 그 만화를 본 적은 없는데, 심각한 얼굴로 그렇게 말하는 장면이 재미있어서 약속에 늦거나 하면 종종 사용한 말이었다. 그런데 누군지 모를 이 남자아이와 함께 있을 때도 그 말을 썼는지는 미처 몰랐다.

고등학생 은서와 민영은 책상을 들고 와 남자아이 근처로 모였다.

그리고 가방에서 스케치북과 펜을 꺼내 남자아이 책상 위에 올려놓았다.

"자, 이제 소재들을 꺼내 놔봐."

고등학생 은서가 말했다.

남자아이 몸 속의 은서는 이날이 어떤 날이었는지 기억하고 있었다. 동아리 활동으로 웹툰을 연재해 보자고 모인 멤버가 어떤 소재로 그림을 그릴지 의논하는 날이었다. 다른 동아리 부원은 입시에 별 관계도 없는 동아리 활동에는 관심 없어 해서 민영이 그리고… 잘 기억이 나지 않는 남자아이 하나가 멤버의 전부였다.

은서는 내심 이 동아리 활동이 입시에 도움이 될지도 모른다고 생각해서 주도했고 가장 친한 민영도 이런 일에 관심이 많았기에 도와달라고 부탁했다. 그런데 남자아이는 왜 이 활동을 같이 하려 한 것인지 몰랐다.

"난 판타지 로맨스를 생각하고 있어."

민영이 말을 꺼냈다.

"내가 생각한 스토리는 이래. 한 왕자가 마왕에게 잡혀가서 성에 갇혀 있어. 이 마왕을 무찌르려면 신비한 검을 뽑아야 해. 그런데 이 검은 왕자가 진정한 사랑을 느껴야 뽑을 수 있는 거야. 그런 사실을 모르는 다른 나라의 기사와 왕자가 이 마왕을 물리치려고 나서지. 이들의 목적은 잡혀간 왕자의 나라에서 현상금으로 내건 금은보화와 마왕을 무찔렀다는 명예야. 잡혀간 왕자는 이들에게 진정한 사랑을 느낄 수 없어."

"오호, 흥미진진한데?"

고등학생 은서가 맞장구를 쳐줬다. 하지만 남자아이의 몸 속에서 현재의 은서는 느낄 수 있었다.

'이 남자아이는 재미 없어 하고 있다.'

민영에게는 미안한 말이지만 사실 그때 은서도 크게 재미있지는 않았다. 좀 더 현실적인 이야기를 하고 싶었다. 그런 눈치도 못 채고 민영은 혼자 신나서 말을 이었다.

"그런데 한 기사가 왕자를 구하러 와. 거대한 미로 같은 마왕의 성에서 둘은 각종 모험을 하게 돼. 그리고 신비한 검을 발견하지. 그때 구하러 왔던 기사가 투구를 벗는데, 사실은 이 기사가 여자였던 거야. 그것도 금발을 휘날리는 너무나도 아름다운 미녀인 거지. 잡혀 있던 왕자는 이 여기사에게 반하게 돼. 그 덕분에 검을 뽑게 되고 여기사와 왕자는 마왕을 물리치고… 해피엔딩으로 끝나게 되는 거지."

민영이 말을 마쳤는데, 아무도 반응하지 않았다. 민영은 둘을 둘러보다가 다시 말했다.

"백마 탄 왕자의 이야기를 비튼 이 스토리 어때? 참신하지?"

민영은 '와, 대단한데'라는 대답을 들을 준비가 돼 있는 듯 눈빛을 반짝였다.

"그런데 이거 결국 얼굴 보고 반한 남자 이야기 아니야?"

고등학생 은서는 괜히 말했나 싶어 민영의 눈치를 보더니 칭찬을 덧붙였다.

"그래도 전반적으로는 참신했어. 재밌어. 진짜야!"

민영은 기분이 상한 눈치였다.

"너는? 넌 어떤 스토리를 준비해왔는데?"

고등학생 은서의 눈은 남자아이를 향해 있었다. 내부의 은서는 남자아이의 가슴이 또다시 날뛰는 걸 느꼈다.

'이 아이는 정말 나를, 아니 고등학생 은서를 좋아했구나. 난 정말 몰랐는데…. 나를 좋아했던 아이의 이름도 기억 못 하다니. 나도 참 나다.'

남자아이는 머뭇머뭇 입을 열었다. 하지만 은서는 알 수 있었다. 남자아이가 이 스토리를 말하려고 상당히 오랜 시간을 준비했음을.

"내 생각에 은서의 그림은 뭐랄까 디테일하다기보다 힐링 그림체거든. 그래서 현대 힐링 로맨스를 생각해봤어."

민영이 '뭐래' 하는 눈빛으로 남자아이를 째려보았다. 남자아이는 주눅이 들었다.

"괜찮아, 말해봐."

고등학생 은서가 웃으며 말했다.

남자아이 속의 은서는 저때 기분이 좋았음을 기억해냈다. 힐링 그림체라는 그 단어가 마음에 들었다. 또, 동아리 활동을 하자고 해놓고 자신은 스토리를 구상해 오지 않은 걸 들킬까 봐 남자아이를 부추겼다는 기억도 해냈다.

남자아이는 은서 앞에서 용기를 냈다.

"한 소년이 있었어. 소년의 인생은 불행했어. 자기 편이 아무도 없다고 생각했거든. 집에서도, 학교에서도. 그래서 점점 자신이 없어졌고, 소극적으로 변해갔어. 소년에게는 그저 한 가지 희망밖에 없었어. 학교에 가면 '안녕' 하고 인사해주는 소녀가 있었던 거야. 소녀가 소년에게 특별히 잘해주는 건 아니었어. 그저 소년의 눈에 소녀는 항상 빛처럼 밝았어. 소년은 소녀가 해주는 인사 하나만 바라보고 험난한 일상을 헤쳐 나갔어."

"그게 뭐야."

뚱한 얼굴로 민영이 말했다. 민영은 자신의 아이디어가 훨씬 낫다고 믿은 모양이다.

"왜? 나는 좋은데. 계속 이야기해줘."

아직 볼살이 남아 있던 은서는 남자아이를 재촉했다. 그때의 장면을 생생하게 보고 느끼며, 현재의 은서는 반성했다.

'미농이의 말을 좀 더 잘 들어줄걸. 지금 보니 약간 무시한 인상이네.'

민영은 요즘 로맨스 웹소설을 쓴다고 매일 마감을 한다. 포털사이트에 정식 연재를 하고 싶어서 도전하고 있지만 아직 정식 연재를 하자는 곳은 없었다. 그저 매일 묵묵히 도전

코너에서 노력하고 있을 뿐이었다. 은서는 아직 민영의 소설을 읽은 적이 없다. 자기 생활이 힘들다고 가장 친한 친구의 글을 한 번도 안 읽어보다니, 그것도 같이 살고 있는 친구의 글을…. 최악이다!

은서의 반성과 상관없이, 남자아이는 말을 이었다.

"소년은 이제 자라 어른이 되었어. 소녀의 인사 덕분에 어두운 시절을 헤쳐 나올 수 있었지만 어른이 되면서는 그 순간을 모두 잊어버렸어. 아내가 생겼고, 아이도 생겼어. 그냥 그냥 덤덤한 생활을 이어 나가고 있었지. 그러던 어느 날 우연히 길에서 어른이 된 소녀를 발견해. 그런데 소년은 소녀에게 다가갈 수 없었어. 자기에게는 소중한 사람이라도 소녀가 자기를 기억할지 확신할 수 없었어. 그래서 가만히 있기로 했어."

"그래서 어떻게 됐어?"

고등학생 은서는 벌써 스케치북에 콘티를 끄적이고 있었다. 남자아이는 그 콘티를 눈으로 슬쩍 훔쳐보고 나서 이야기를 이어 나갔다.

"소녀와 소년의 거리는 점점 가까워졌어. 소년은 가슴이 뛰었어. 소녀는 소년을 발견하고는 미소를 지었어. 그리고 '안녕'이라고 인사했어. 소년도 기뻐서 역시 활짝 웃었어. 그러면서 물었어, 자기를 알아보겠느냐고. 소녀는 대답했어.

'그럼. 언제나 나를 보고 활짝 웃어줬잖아. 그 웃음을 보고 나면 하루가 기분이 좋았어.' 소년은 이유를 알 수 없는 위안을 얻어. 자기도 누군가에게 가치가 있는 사람이라는 아주 작은 자부심이 소년 속에서 반짝였어. 어른이 된 소년은 이제 자기 아내와 아이들을 더 사랑하고 크게 웃어주겠다고 다짐해. 그것만으로도 충분히 가치 있는 일이니까…."

"와, 멋진데?"

"밋밋한데?"

고등학생 은서와 민영의 의견이 갈렸다. 민영은 은서의 스케치북을 보더니 말했다.

"이미 결정 났네. 벌써 콘티까지 다 짰잖아. 어차피 그림은 네가 그려야 하니까. 이번에는 네 의견에 따를게."

남자아이는 좋았다. 아니 감동받았다. 울어도 된다면 울 것도 같았다.

'은서가 내 이야기를 좋아해주다니.'

그 사이에 남자아이 속에 있는 현실의 은서는 학생인 은서를 욕하고 있었다.

'이런 바보 같은 계집애. 어떻게 모를 수 있지? 이건 이 남자애의 고백이잖아. 딱 봐도 자기 이야기인데 어떻게 모를 수 있느냐고. 게다가, 게다가… 이 남자애 이름이나 얼굴도 기억 못 하고 있잖아!'

자신을 혼내던 사이에 다시 세상이 환하게 변하고 있었다.

다시 앞이 보였다.

손에 휴대전화를 들고 있었다. 여전히 남자아이의 시야인 듯했다.

남자아이는 휴대전화를 들고 한 포털사이트의 '도전 웹툰' 코너를 보고 있었다. 그곳에 은서가 그리고 남자아이가 스토리를 잡은 웹툰이 연재됐다. 단 4화 분량. 좋아요 표시도 적었고, 댓글도 적었다. 악플보다 더 무섭다는 무관심.

은서는 기억이 떠올랐다. 콘티를 잡고, 열심히 그려서 연재를 시작했지만 아무도 관심을 가져 주지 않아서, 서둘러 연재를 끝냈다. 그리고 더는 동아리 활동을 하지 않았다. 시간은 별로 남지 않았지만 입시 미술 학원을 등록하고 본격적으로 미술대학교 진학을 준비했다.

그렇게 무관심 속에 잊혀진 과제를 남자아이는 소중하게, 보고 또 보고 있었다. 은서의 그림체에 감동해서 혼자 화장실에서 울었고, 아무것도 할 줄 모르던 자기가 이런 결과를 남겼다는 자부심에 울었다.

그리고 남자아이 속에서 은서도 울었다. 왜 우는지도 몰랐다. 그저 남자아이의 벅차오르는 감정이 그대로 전달됐을 뿐이다.

그리고 이제 다시 시야가 환해졌다. 어두워졌다 밝아지는 시야에 익숙해질 지경이다.

마음을 들어주는 아이

은서는 눈을 떴다.

여전히 이름 모를 다리 위에서 이름 모를 그놈과 함께 있었다. 그놈은 아무 일도 없었다는 듯 미소를 지으며 은서를 바라보았다.

은서는 휴대전화를 꺼내 시간을 보았다. 상당히 많은 시간이 흐른 줄 알았는데, 채 몇 분이 지나지 않았다. 당황한 은서는 다리 아래를 쳐다보았다. 혹시 마스터가 있지 않을까 해서였다. 마스터는 이미 사라지고 없었다.

은서는 자기 눈을 만져보았다. 눈물은 흐르고 있지 않았다. 정말 백일몽인가?

은서는 그놈을 돌아보았다. 이제 거의 모든 것을 알 것 같은데 이름만 모르는 그놈.

"너 뭐야?"

"뭐가."

"나한테 무슨 일이 일어나는 거냐고."

"너한테 일어나는 일을 내가 어떻게 알아."

그놈은 여전히 싱글벙글이다.

"너, 나 좋아했냐?"

"응."

너무 순순히 대답했다.

"그래서 나 어떻게 해보려고 최면술 같은 거 배워온 거야?"

"아니. 난 네 덕분에 좋은 사람이 됐는데, 그러면 너를 배신하는 거지."

남자아이, 그놈의 속까지 들어가 본 은서로서는 무슨 말을 하는지 알 것 같았다.

"넌 모르겠지만, 난 네 덕분에 많이 게 변했어. 남들한테는 아무것도 아닌 그 웹툰이 나를 바꿔줬어. 내가 쓴 스토리처럼 살기로 한 거지. 나를 존중하고 세상 사람을 사랑하자."

"무슨 도인 같은 말을 하고 있어."

은서는 공연히 낯이 간지러웠다.

"어쨌든 난 네 '덕분에' 운동도 열심히 했고, 공부도… 뭐 나름은 열심히 했지. 원래는 경찰공무원이 되고 싶었는데 체력도 조금 모자라고, 성적도 조금 모자라서 비슷한 일을 했어."

"비슷한 일?"

"응. 은행에서 청원경찰로 근무했지. 결국 누군가를 지켜주고 돕는다는 면에서는 같고, '경찰'이라고 불리잖아."

그놈은 그렇게 말하고 또 웃었다. 자존감이 충만한 녀석이었다. 자존감은 남보다 자기가 낫다고 여기는 게 아니라, 자기를 정확히 받아들이고 그 안에서 가치를 인정하는 것이라고 했다. 은서는 그놈의 자존감이 부러웠다. 그놈은 그 자존감이 은서 덕분에 생겼다고 했는데 지금의 은서는 그놈보다 못한 자존감을 가지고 있었다.

"부럽다. 넌 네 일에 확신이 있는 거 같아서 좋다. 난 지금 내가 뭘 하고 살고 있는지 잘 모르겠는데."

"왜? 무슨 일이 있어?"

은서는 자신의 고민을 이름도 모르는 사람에게 고백하는 게 맞는지 잘 몰랐다. 그래서 그놈의 눈을 바라보았다. 눈은 거짓말 하지 않는다는 말을 믿고 있었다. 그놈의 눈은 고요했다. 이상하게도 주변 불빛도 비치지 않는데 그 눈만은 맑게 그 자체로 빛나고 있었다. 순간 그 눈빛에 빨려 들어가고 싶었다. 가슴도 두근거렸다. 은서는 얼른 고개를 돌려버렸다. 어쩌면….

"난 그림을 좋아해서, 내 생각을 그것으로 표현할 수 있는 게 좋아서 그림을 그렸고, 미대까지 갔어."

"알지. 일반계 고등학교에서 H대학교 미술대학 진학자가 나왔다고 유명했잖아. 나도 네 소식을 듣고 엄청 뿌듯해했고 속으로 축하했어. 거기에 내 지분이 아주 약간은 있는 것 같았거든."

"고마워. 근데 졸업하고 나서는 바로 취업을 해야 했어. 우리 집 사정에 계속 미술을 시켜준 것만으로도 고마운 일이었으니 학자금 대출이라는 부담을 계속 부모님이 지게 할 수는 없잖아."

"너답다. 잘했네."

그놈은 마치 토크쇼 사회자처럼 반응해줬다. 그게 나쁘지 않았다. 더 말해도 될 것 같았다. 이렇게 집중해서 누군가와 이야기하는 것이 얼마만인가 싶었다.

일반계 고등학교에서 미술대학교를 가겠다고 결심한 것 자체는 은서에게 큰일이었고, 그런 은서를 위해 입시미술학원을 보내고 뒷바라지하겠다는 결심은 부모에게 큰일이었다. 그렇지만 은서는 꿈을 이루고 싶어 부모의 희생을 받아들였다. 대학에 입학했을 때만 해도 모든 것이 가능하리라 여겼다. 학교 앞 화방도 매일 드나들었고, 그 와중에 아르바이트도 열심히 했다. 물론, 은서에게 장학금보다 아르바이트가 쉬운 선택이었다는 건 변명의 여지가 없다.

카페에서 아르바이트하다가 만난 남자랑 잠시 썸을 타기도 했고, 클럽에서 대시라는 걸 받아보기도 했다. 예술가처럼 보이려고 입술 피어싱을 했다가, 바로 후회하고 제거하느라 지금도 깨알만큼의 흉터가 남은 흑역사도 만들었다. 이 때문에 타투를 해보겠다는 아주 작은 꿈은 접었다.

"대학생 때는 뭐든지 할 수 있을 것 같았는데, 막상 4학년이 되니까, 아무것도 할 수 없을 것 같은 생각이 들더라고. 회사에서는 시키는 일만 해야 해. 사다리치킨인지 뭔지 알 수도 없는 치킨집 간판이나 디자인하고…."

그놈은 이번에는 은서의 말에 동의해주지 않았다. 은서는 대답을 잘하던 그놈이 침묵을 지키니까 서운한 감정마저 들었다.

이윽고 그놈이 입을 열었다.

"네가 그린 웹툰을 보고 왜 감동받았는지 알아?"

은서는 백일몽 속에서 그놈의 감동을 그대로 전달받았지만, 왜 그런지는 알지 못했다.

그놈은 말을 이었다.

"내가 지은 스토리지만 그 그림체와 대사는 너의 것 그대로였어. 다른 사람의 이야기를 하는 게 아니라, 네 이야기를 하는 것 같았다는 말이야. 그런 네 마음에 감동받은 거야."

"대사는 민영이가 쓴 건데…."

은서는 칭찬받는 게 쑥스러웠다.

"넌 다른 사람의 마음을 잘 공감해주는 사람이야. 그 사다리치킨 사장님을 만나 보는 건 어때? 너의 공감 능력이라면 어떤 간판이라도 너의 창작물이 될 거라고 믿어."

그러고 보니 은서는 클라이언트를 직접 만나 본 적이 없었다. 중간에서 김 과장이 전달해준 내용만으로 작업물을 만들고는 했다.

김 과장이 '강하게'라고 하면, 원색 위주로 작업해주고, '화사하게'라고 하면 중간톤 위주로 작업해주는 게 거의 전부였을 정도다. 그 과정에서 은서는 자신이 '창작자'라는 생각을 해본 적이 없었다.

"사다리치킨 사장님을 어디서 만나?"

"아직 간판이 완성되지 않았다고 했지? 그러면 지금 그 가게는 인테리어가 한창일 거야. 자영업자가 자기 가게를 오픈하는데 나와 있지 않을 리 없어. 아마 이 시간까지 열심일 거야."

은서는 핸드폰을 꺼내 시간을 확인했다. 아홉 시가 조금 지났다.

"가자!"

그놈이 재촉했다.

간판 디자인에 주소가 들어가기 때문에 대략 위치는 알고 있다. 이곳에서 그리 멀지 않다. 벚꽃길을 쭉 따라 내려가다가 전통주 거리로 좌회전하면 나오는 곳이다. 술집이 몰려 있어서 아직 사람은 북적할 것이다.

그놈은 은서의 대답을 듣기도 전에 앞서서 성큼성큼 걷더니 이윽고 거의 달리기 시작했다.

"야, 너 어딘지도 모르잖아!"

은서는 뒤를 따라가며 소리쳤다.

"아는 것 같아!"

그놈은 계속 앞장서서 달리며 대답했다.

은서는 '재가 어떻게 알지?' 하고 궁금해할 틈도 없이 그놈을 쫓아가느라 숨이 차기 시작했다. 벚꽃 구경을 나온 사람들과 반려견을 데리고 산책 나온 사람 사이를 비집고 그놈은 잘도 달렸다.

'도대체 왜 달리는 거야?'

은서는 이제 옆으로 휘날리는 벚꽃을 보며 그놈을 욕하기 시작했다. '제발 그냥 걷자고! 아니 그건 그렇고 내가 왜 쫓아가고 있는 거야?'

벚꽃길을 벗어나 계속 달리다 보니, 그놈 말대로 족발집과

곱창집 사이에서 아직 공사하고 있는 작은 가게가 나타났다. 당연히 간판은 걸리지 않은 상태였다.

숨을 헉헉 대며 가게를 보고 서 있으니 신경이 쓰였는지, 앞에 서 있던 아주머니가 고개를 돌리고 쳐다봤다.

"혹시 무슨 볼일이 있으신가요?"

나이는 50대쯤. 검은색 단발머리에 오뚝한 코, 짙은 눈썹. 젊었을 때는 꽤 미인이었을 듯싶은데 화장기 하나 없이 주름살을 다 드러낸 얼굴이다.

그녀는 은서가 빤히 쳐다보자 자신의 얼굴이 굳어 있었다는 것을 눈치챈 듯이 미소를 지어 보였다.

"저… 사다리치킨 사장님을 뵈러 왔는데요."

"어머, 아직 간판도 달지 않았는데 어떻게 사다리치킨인 줄 알았어요? 제가 여기 사장이에요. 무슨 일이시죠?"

"아, 안녕하세요."

은서는 고개를 꾸벅 숙여서 인사했다. 은서는 막연히 치킨집 사장님은 남자일 것이라고만 생각하고 있었는데 예상과는 전혀 다른 분위기의 여성이 사장이었다.

"그런데 누구시죠?"

사장님은 궁금증을 가득 담은 눈으로 은서를 쳐다보았다.

은서는 끈을 움켜쥐고 있던 가방에서 디자이너라는 직함이 적힌 명함을 꺼내 건네며 다시 인사했다.

“아, 저는 사다리치킨의 간판을 ‘책임’지고 있는 송은서라고 합니다.”

“그래서 저희 가게 이름을 아시는 거였구나. 반가워요. 그런데 어쩐 일로? 어디서 잠시 앉아서 이야기할까요?”

“아니요. 전 그냥… 이 가게에 대해 좀 더 알고 싶어서 왔어요. 다리를 네 개 줘서 사다리치킨이라는 말은 들었지만, 그 외에는 제가 아는 게 없어서요.”

사장님은 그 말을 듯고 빙긋이 웃었다. 이번에는 정말 기쁨이 담겨 있는 미소였다.

“이렇게 저희 가게에 신경을 써주다니 정말 고마워요. 솔직히 저번에 김 과장이란 분이 시안을 가지고 왔을 때 큰 기대를 하지 않았어요. 치킨집 간판이라는 게 다 그렇지 뭐, 하고 조금 포기한 면도 있었고요.”

사장님의 말을 듣고 있던 은서는 얼굴이 빨갛게 달아오르는 걸 느꼈다. ‘다 그런’ 결과물을 만든 게 결국은 자기였다. 은서의 마음을 아는지 모르는지 사장님은 말을 이었다.

“그런데 하찮아 보여도 이 가게는 제 신성한 사업장이잖아요. 여기에 많은 걸 투자했고, 이걸로 먹고살아야 해요. 그래서 아무래도 신경 쓰이는 게 사실이죠. 그래서 지금도 이렇게 가게에 나와 있고요.”

“사장님의 이야기를 듣고 싶어요. 저도 제가 만들 이 가게의 간판이 부끄럽지 않으면 좋겠어요."

"이제 여기도 마무리해야 하니까 저기 앞에 있는 카페에서 잠시만 기다려줄 수 있어요?"

사장님의 손끝 쪽에는 프랜차이즈 카페가 하나 있었다. 벚꽃 시즌이라 그런지 유리창으로 보이는 가게 안에 손님이 꽤 있었다.

"네, 시간 빼앗아서 죄송하지만 저기에서 기다릴게요."

"죄송하긴요, 고맙죠."

사장님은 대답하더니, 가게 안으로 들어가서 공사하고 있는 남자에게 정리하라는 듯 손짓했다.

은서는 주변을 두리번거렸다. 그놈이 보이지 않았다. 순간 불안감이 밀려왔다. 갑자기 나타난 것처럼 갑자기 사라진 건가? 갑자기 나타난 것까지는 이해할 수 있지만 갑자기 사라진 것은 용서할 수 없다. 마음에 이미 그놈이 꽤 큰 자리를 차지해버렸으니까.

사다리치킨의 비밀

은서는 카페에 자리를 잡고 유리창 너머를 계속 두리번거렸다. 그놈이 정말 사라진 건 아니겠지? 혹시 민영이는 그놈과 연락을 하고 지냈을까? 그래 민영이라면 알 수도 있겠다는 생각이 뒤늦게 들었다.

은서가 민영에게 문자를 보내려고 휴대폰을 든 순간, 휴대폰 유리에 사람 모양이 비쳤다. 아주 익숙한…. 마스터?

놀란 은서는 뒤를 휙 하고 돌아보았다. 그 자리에서 검은색 점퍼를 입은 남자가 등을 보이고 다른 일행과 이야기를 나누고 있을 뿐이었다.

'왜 자꾸 마스터가 보이는 거야?'

찜찜한 기분을 달래며 다시 문자를 보내려고 하는데 사다리치킨 사장님이 카페 안으로 들어오는 게 보였다. 은서는 일어나 손을 들어 자신의 자리를 알렸다. 사장님은 은서를 보더니 방끗 미소를 짓고 걸어왔다. 만난 지 몇 분 되지도 않은 사람에게 저렇게 반가운 미소를 지을 수 있다니. 은서는 나이 많은 언니를 만난 듯한 묘한 일체감을 느꼈다.

"뭐 마실래요?"

사장님은 빈 테이블을 보더니 물었다.

"제가 사올게요."

"여기까지 온 손님인데 제가 사야죠. 커피? 아니면 차?"

"고맙습니다. 아이스아메리카노로 하겠습니다."

사장님은 앉지도 않고 카운터로 곧장 직진했다. 곧 작은 케이크 하나와 커피 두 잔을 가지고 왔다.

"내가 치킨집 주인이지만, 밤만 되면 단 게 먹고 싶더라고."

변명하듯 말하는 사장님이 왠지 귀엽게 느껴졌다. 그러고 보니 은서는 퇴근한 이후 아직 아무것도 먹지 않았다. 편의점에서 산 맥주 한 캔은 그대로 가방 안에 있고 그놈과는 걷거나 뛰기만 했다.

'좋아하는 사람을 만나면, 아니 좋아하는 사람이 아니라도 누군가를 만나면 밥은 먹었는지 물어봐 주는 게 예의 아니

야?'

은서는 공연히 마음속으로 그놈을 질책했다.

"사실, 이 년 전에 남편을 잃었어요."

커피를 마시던 사장님은 별일 아니라는 듯 말을 꺼냈다. 갑자기 모래를 씹은 것처럼 입안이 껄끄러웠다. 사장님은 말을 이었다.

"드라마틱한 일은 없었어요. 술, 담배도 많이 안 하는 사람이었는데 대장암이었다는 사실만 조금 억울했죠. 주변에 좋은 분들이 많아서 나름 잘 견뎌냈어요. 그래도 남편 병간호하느라 다니던 직장을 잃은 건 생활하는 데 좀 타격이더라고요."

은서는 무슨 말을 해줘야 할지 몰랐다. 은서는 커피를 한 모금 마시고 조용히 고개만 끄덕였다.

"눈빛이 참 좋네요."

"네?"

사장님은 알 수 없는 말을 했다.

"은서 씨는 눈으로 이야기를 듣는 것 같아요. 나이 든 사람이 이런 푸념을 하고 있으면 지겨울 만도 한데 말이죠."

은서는 활짝 미소를 지었다. 사장님에게 힘을 주고 싶은 마음이었다.

"저 듣는 거 좋아해요. 제가 잘 들어주는 게 특기라는 이야기를 들었어요. 얼마 전에…. 참, 이야기를 들으며 메모 좀 해도 될까요?"

"그래요."

사장은 웃으며 승낙의 손짓을 했다.

은서는 가방에서 아이패드를 꺼내 들었다. 언제 어디서나 그림을 그려보겠다고 큰마음 먹고 할부로 구입한 건데, 그림은커녕 잠자기 전에 유튜브 보는 데만 사용했다.

"이제 사장님의 이야기를 더 들려주세요."

은서는 의자 끝에 엉덩이를 붙이고 사장님 쪽으로 더 다가왔다. 사장님은 그 모습이 좋았는지 '하하' 하고, 아니 '호호' 하고, 아니 그 중간쯤 되는 발음으로 웃었다. 그러더니 이야기를 다시 시작했다.

"구구절절한 스토리는 많지만 정말 그건 다 개인사라, 은서 씨에게 말할거리는 아닌 것 같고요. 가게 이야기만 먼저 할게요. 목구멍이 포도청이라고 남편 보험금과 내 퇴직금을 합해서 장사 준비를 시작했어요. 이전 직장도 요식업 쪽이었어서 자연스럽게 음식점을 생각하게 됐죠. 그런데 아이들 어릴 적 일이 생각났어요."

"어떤 일이었는데요?"

"아이들이 어릴 때 남편 월급날이 되면 치킨을 먹는 게 일종의 의례였어요."

"우리 아빠는 회사 사람들하고 술 드시던데…."

"하, 어쨌든. 우리 네 가족이 치킨을 시키면 다리 두 개는 아이들이 먹고, 저랑 남편은 가슴살이나 가느다란 목을 뜯어 먹었죠. 애들이 어려서 두 마리를 시키면 양이 너무 많았거든요. 어쩌다 한 마리 반을 시키면 남편은 남은 다리 하나를 저에게 양보했어요. 너무 사소한 이야기죠?"

사장님은 말을 끊고 은서를 쳐다보았다.

"아니에요. 이게 진짜 이야기죠."

은서의 손은 어느덧 한 가족이 치킨을 먹는 장면을 스케치하고 있었다.

"그래서 결심했어요. 닭 한 마리를 시키면 다리 두 개는 더 줄 수 있도록 하자고. 이미 세상을 떠난 남편이지만 닭 다리 하나쯤을 먹을 수 있게 해줘야 하지 않겠어요? 이전 회사에서 알고 지내던 수입 정육 업자하고 이야기하다 보니까 단가는 얼추 맞출 수 있겠더라고요. 그렇게 다리가 네 개인 '사다리'라는 이름이 떠올랐어요. 그에 대한 연상작용인지, '천국으로 가는 계단'이라는 노래도 생각났고요. 일종의 애도라고 여겨주세요. 너무 주책이죠?"

여기까지 말한 사장님은 고개를 들어, 은서의 얼굴을 봤다. 그리고 화들짝 놀라서 말했다.

"아니, 은서 씨가 왜 울어요? 별것도 아닌 닭다리 이야기에?"

은서의 눈에서는 눈물이 흘러내리고 있었다.

"저도 몰라요. 왜 눈물이 나는지. 닭다리 이야기 듣고 우는 거 저도 처음이에요."

그렇게 말하고는 스스로도 웃겼는지, 은서는 눈물을 훔치다가 웃고 말았다. 그리고 지금까지 작업한 간판 시안이 떠올라 부끄러워지고 말았다.

그 간판 시안에는 마음이 없었다. 창업하는 사람의 간절함도 없었고 이 이름에 대한 사연도 없었다. 프랜차이즈 치킨집이 아니라는 것을 조금 신기해했을 뿐.

은서는 이전 시안을 그냥 둘 수 없었기에 아이패드에 다시 스케치를 해나갔다. 그놈 말이 맞았다. 은서는 다른 사람과 공감하고 작업해야 힘이 나는 사람이었다.

"사장님, 가게 테마 색상이 뭐예요?"

은서는 스케치를 계속하면서 단호하게 물었다.

"노, 노란색. 짙은 노란색…."

사장님은 갑자기 질문을 받아서인지 당황한 목소리로 대답했다.

"노란색은 안 돼요. 이미 노란색을 테마로 사용하는 프랜차이즈가 있잖아요. 가능하면 붉은색으로 바꾸면 좋겠어요. 페인트 조색이 필요하거나 조명 색상 고를 때 제가 같이 갈게요. 그리고 이게 새로운 간판 시안이에요."

은서는 아이패드 화면을 사장님 쪽으로 돌렸다.

순간 사장님의 입에서 하하와 호호의 중간쯤 되는 발음의 폭소가 터져 나왔다.

간판 시안에는 두 남녀가 머리에 붉은색 머리끈을 질끈 묶고, 한 손에는 닭다리를 들고 시위하듯 팔을 어깨높이로 들어 올리고 있었다. 마치 구소련의 프로파간다 포스터 같은 느낌이었다. 그리고 그 아래에는 이렇게 쓰여 있었다.

'부모에게도 닭다리 하나쯤 먹을 권리가 있다!'

사장님이 웃음을 멈추더니 말했다.

"은서 씨는 그림으로 사람을 울리고 웃기는 재주가 있네요. 아까 이야기 들을 때는 울어서 뭔가 감동적인 시안이 나올 줄 알았는데, 이건 또 웃겨요. 아, 나쁘다는 말이 아니에요. 눈에도 띄고 좋아요. 저도 발랄한 분위기가 좋아요. 애도는 저 혼자 하면 되는 거고 손님까지 애도할 필요는 없잖아요. 이렇게 진행하시죠."

"네 맡겨만 주세요. 다만 플렉스 간판이 아니라 목간판에 손으로 직접 그리고, 위에 조명을 설치할 거라 시간을 좀 더 주시면 좋겠어요. 열심히 할게요."

"그럼요. 오픈 전까지만 만들어주세요. 믿을게요."

"그리고 비용도 조금 올라갈지도 몰라요. 대신 대형 포스터를 하나 출력해서 가게에 걸어둘 수 있게 할게요. 그러면 분위기도 통일되고 좋을 거예요."

"은서 씨, 아주 훌륭한 직원이군요. 디자이너가 이렇게 클라이언트를 직접 만나서 영업까지 하니 말이에요."

"아, 영업이라고 생각하지 말아주세요. 전…."

"알아요. 은서 씨 진심인 거. 그러니까 저도 이렇게 늦게까지 이야기한 거예요."

은서는 마음이 통한 것 같아서 안심하려다 퇴근 전에 보낸 간판 시안이 떠올랐다.

"참! '더이상수정할수없는최종파일'은 잊어주세요."

"응? 오늘 시안 받은 거 없는데요?"

'김 과장 이 새끼! 결국 보내지도 않을 것 가지고 날 들들 볶았네.'

은서는 이미 알고 있었지만 실제로 확인하게 되니 가슴 깊숙한 곳에서 분노가 끓어올랐다. 대표하고 친인척이든 뭐든 한번 옆차기를 날려줘야 속이 시원할 것 같았다.

"아무튼, 이틀만 시간을 주시면 아까 말한 대로 열심히 해볼게요."

"고마워요. 간판에 마음을 담아주겠다는 사람은 처음이네. 아니, 다 그런가? 내가 치킨집을 처음 해봐서…."

농담이라는 듯 사장님은 하하와 호호의 중간 정도 소리로 웃었다. 은서도 이제 같이 웃을 수 있었다.

카페에서 나와 은서와 사장님은 마치 오랫동안 알아온 사람인 듯 아쉬워하며 헤어졌다.

은서는 가방을 손에 꼭 쥐고서 얼굴에 미소를 띄웠다. 그러자 앞에 그놈이 나타났다.

"즐거웠어?"

그놈은 모든 것을 다 안다는 듯 웃으며 말했다.

"어디 갔었어? 왜 갑자기 사라진 거야?"

"은서, 네가 잘 해낼 줄 알았으니까. 내가 중간에 끼어 있어봤자 도움이 안 돼."

이제 그놈이 또 사라질까 봐 두려웠다. 나를 나답게 해주는 사람, 나를 좋아해주는 사람, 이런 사람이 같이 있다는 것이 좋았다. 만난 지 몇 시간 만에, 아니 처음 만난 걸로 따지면 이제 거의 10년이 다 돼 가니 그건 아닌가?

다만 그놈의 이름이 아직 기억이 안 난다.

그놈은 아직 은서에게 미스터리였다.

"내일 김 과장놈에게 시안이 바뀌었다고 말해야지. 또 일찍 말하지 않았다고 술에 전 눈동자를 해가지고 잔소리나 해대겠지만. 이제 과장놈이 무슨 짓을 할지 다 알 정도가 됐다니까."

은서는 공연히 투정을 부렸다. 그놈이 다 받아줄 것만 같아서 그랬다.

"찾아가자."

"응?"

"그 김 과장놈 찾아가자고, 지금. 그래서 먼저 공격하는 거야. 네가 제대로 못 해서 내가 이 밤까지 클라이언트를 만나지 않았느냐고, 보란 듯이 밀어붙이는 거야. 다만 정중하게. 아주 정중한 복수지. 오늘은 네가 하고 싶은 걸 다 하는 날이라고 생각해."

그놈은 뜻밖의 제안을 해왔다.

"김 과장놈이 지금 어디 있는지도 모르는데?"

"매일 감자탕이라며? 내가 짚이는 데가 있어. 가자! 복수닷!"

그놈은 뭐가 신나는지 팔을 들어 좌우로 흔들더니 앞서 달리기 시작했다.

은서는 그놈을 따라 달리며 외쳤다.

"네가 김 과장이 있는 데를 어떻게 알아? 그리고 왜 또 달리는 거야?"

"시간이 없어!"

그놈이 외쳤다. 시간? 무슨 시간?

은서는 이유도 모르고 그놈을 따라 달렸다. 숨이 차기 시작했지만 은서는 왠지 신났다.

감자탕집의 복수

“아마도 저길 거야.”

그놈은 멈춰서서 앞에 있는 간판을 가리켰다. ‘무한 리필’이라고 쓰여 있었다. 왠지 김 과장다웠다.

김 과장이 직원에게 일을 시키는 스타일도 무한리필이었다. 질을 높이려면 시간을 투자해야 한다는 개념 자체가 없었다. 그냥 시키면 나오는 줄 안다.

은서는 김 과장과 사장이 성이 달라서 친인척 관계라는 사실을 아는 데도 한참이 걸렸다. 김 과장의 부당한 지시를 사장이 감싸고 도는 이유를 은서는 그제야 이해했다.

아무튼 김 과장이 앞에 보이는 감자탕 집 안에 있다.

그놈은 은서를 보고 고개를 끄떡했다. 은서의 행동을 촉구하듯이. 은서는 그 행동에 용기를 얻어 감자탕 집 문을 열고 들어갔다.

바로 정면에 얼굴이 빨갛게 달아오른 김 과장이 다른 두 명의 일행과 앉아서 환하게 웃고 떠들고 있었다. 뭐가 저렇게 신이 나 있는 거야? 웃는 모습도 꼴 보기 싫었다.

"김 과장님!"

웃고 있던 김 과장의 얼굴이 굳었다. 영문을 알 수 없다는 표정이었다.

"어? 은서 씨가 여기 왜?"

은서는 숨을 좀 헐떡이며 말하기 시작했다. 달려오느라 숨이 찬 것이었지만 매우 긴박한 느낌까지 덤으로 전달해주었다.

"그 사다리치킨 간판 말인데요. 그거 최종 파일 클라이언트에게 보내셨죠?"

"어? 그… 그럼."

물론 김 과장은 보내지 않았고, 은서도 그건 알고 있었다.

"아, 큰일이네요. 우연히 사무실에 있다가 클라이언트에게 연락을 받았는데, 원하시는 컨셉이 정확히 있으시더라고요. 제가 만든 시안이랑 완전히 달라서 만약 그게 최종 파일이라고 전달됐으면 클라이언트가 자기를 무시한다고 화를 낼 것 같은데요. 어쩌죠?"

그놈의 말에 용기를 얻은 은서는 눈에 자신감 있게 힘을 주며 말했다. 그러면서 은서는 가방에서 아이패드를 꺼내 조금 전 그려둔 컨셉을 김 과장에게 보여주었다.

당연히 김 과장도 처음 보는 시안이다.

"아! 아직 시안을 안…."

김 과장은 은서의 눈치를 살폈다. 오늘까지 완료해야 한다고 말한 사람이 자신이었고 완성했다는 문자를 받은 것도 자신이라는 점을 김 과장은 깨달았다. 그래서 김 과장은 다급히 입을 닫았다.

주변에 김 과장의 친구로 보이는 두 명의 남자도 술잔을 들고 숨을 죽이고 있었다. 이 상황이 이해가 안 되는 모양이었다.

"내가 클라이언트한테는 잘 이야기할 테니까 은서 씨는 그만 가봐요."

"사다리치킨 사장님 성격이 장난 아닌 것 같은데, 지금 빨리 그 시안이 최종이 아니라고 말씀해주시면 안 돼요? 제가 불안해서 그래요."

'죄송합니다, 사장님. 잠시만 핑계 좀 댈게요.' 은서는 속으로 사다리치킨 사장님에게 사과했다. 하지만 성격이 있어 보인다는 말은 거짓이 아니었다.

김 과장은 주변을 둘러보았다. 직원이 술자리까지 달려와서 사정하는데 그걸 매몰차게 내칠 분위기가 아니었다. 김 과장은 평소에도, 심지에 은서의 귀에까지 전해질 정도로 자신이 직원들에게 얼마나 잘하는지 자랑하고 다녔다. 합리적으로 일을 시키고, 직원이 편히 일할 수 있도록 복지에 신경 쓰고 있으며, 작은 회사지만 비전을 가지고 있다고.

그 말을 믿는다면 더 이상 완벽한 상사는 없었다. 그러니 여기서 같이 술을 마시고 있는 이들에게도 자신에 대한 좋은 이미지를 덧씌워놨을 것이다.

김 과장은 여기서 부탁을 거절할 수 없었다.

"그, 그래 내가 지금 전화해서 그거 최종 파일 아니라고, 내가 실수로 보낸 거라고 말할게. 내가 말하면 다 이해해줄 거야."

은서는 말없이 김 과장을 쳐다보기만 했다. 정중한 복수. 그놈이 말한 게 이런 것 아닐까? 김 과장은 다 자기가 해놓은 일 때문에 지금 곤란을 겪고 있는 것이니, 이건 괴롭힘이 아니었다.

"근데, 너무 늦었는데 문자로 보내면 안 될까?"

김 과장은 마지막으로 빠져나갈 구멍을 찾고 있었다.

"혹시 문자를 안 보시면 어떡해요? 전 제가 클라이언트를 무시했다고 오해받을까 봐, 너무 무서워요."

그렇게 말하고 은서는 고개를 숙였다. '내 연기력이 이렇게 좋았던가?' 은서는 속으로 웃음을 감추지 못했다. 처음으로 김 과장을 곤란하게 만들었다는 게 벌써 통쾌하다.

사실 이 정도에서 물러나도 상관없다. 그놈 덕분에 이렇게 재미있는 일까지 생겼으니.

김 과장은 어쩔 수 없이 전화를 걸기 시작했다. 김 과장은 전화를 받지 않기를 진심을 다해 빌었을 것이다. 몇 번의 신호가 울린 뒤 김 과장이 말했다.

"아유, 밤늦게 죄송합니다, 사장님."

은서는 고개를 들어 김 과장을 쳐다보았다. 곤란함이 가득한 얼굴이었다. 아직 김 과장의 친구들은 마시지도 못하는 술잔을 들고 김 과장의 얼굴과 은서의 얼굴을 번갈아 쳐다만 보았다.

"저, 제가 보낸 파일 말입니다. … 아니, 그게, 아 그랬나요. … 아니요, 밤늦게 죄송합니다. 아니, 안 그러셔도 됩니다. 제가 잘못한 것 같습니다. 그게… 아닙니다. 밤늦게 죄송합니다. … 아니요, 앞으로 은서, 아니 저희 디자이너가 연락드리도록 하겠습니다. 네 들어가세요."

김 과장은 전화를 끊고 한숨을 푹 쉬었다. 사다리치킨 사장님은 눈치가 빠른 분이니 어떤 일이 일어난 건지 대략 알았을 것이다.

'다시 한번 죄송합니다, 사장님. 이번 일은 제가 꼭 보답하겠습니다.'

"자, 내가 말해놨으니, 이제 은서 씨는 돌아가."

그렇게 말하는 김 과장의 얼굴을 몹시 피곤해 보였다.

은서는 김 과장에게 인사를 꾸벅 하고는 뒤를 돌아 가게 문을 향했다. 얼굴에는 미소가 가득 떠올랐다. 그놈은 문 앞에서 은서에게 작은 손동작으로 박수를 보내고 있었다. 은서는 재밌기도 했지만 그놈의 모습을 김 과장이 본다면 어떤 생각을 할지 불안한 마음이 들어서, 손을 흔들어, 박수 치지 말라는 신호를 보냈다.

그런데도 그놈은 아랑곳하지 않고, 더 큰 손동작으로 박수를 쳤다. 바로 그때.

"은서 씨!"

김 과장이 불렀다. 큰일이다. 일부러 김 과장을 놀리러 왔다는 걸 눈치챈 모양이다. 그러게 적당히 했어야지! 은서는 이를 악물고 그놈을 노려본 다음, 고개를 돌려 김 과장을 쳐다보았다.

김 과장은 은서를 보더니 입을 열었다. 여전히 피곤한 얼굴이었다.

"클라이언트가 이제 은서 씨더러 직접 연락하라고 하니까 내일부터 은서 씨가 연락해."

그렇게 말하고 김 과장은 조용히 술잔을 들었다.

은서는 들키지 않은 게 기뻐서 고개를 숙이고 황급히 감자탕 가게를 빠져나왔다.

다시 벚꽃길로 접어들어 가게에서 한참 멀어진 걸 확인한 다음에야 은서와 그놈은 크게 웃었다.

"정말 재미있었어. 가슴이 얼마나 두근거렸는지."

은서는 한숨을 내쉬며 비틀거리는 흉내를 냈다. 가로등이 비친 벚꽃이 반짝이고 있었다.

그놈도 웃으며 말했다.

"와, 너 말 진짜 잘하더라. 김 과장을 꼼짝 못 하게 만들던데?"

그놈이 칭찬했다.

"야, 네가 여기까지 데리고 와놓고, 뒤에서 박수만 치고 있으면 어떡해?"

내용은 투정이었지만, 은서의 얼굴은 밝았다. 그걸 보는 그놈의 표정도 밝았다.

은서는 이제야 생각난 듯 가방에서 맥주를 꺼냈다. 달이 머리 위에서 빛나는 시간이 됐지만, 이제는 벚꽃놀이를 시작해도 될 듯했다. 맥주는 이제 시원하지 않았다. 은서는 맥주를 바라보다가 그놈에게 말했다.

"어디 가서 술이나 한잔할래?"

그놈은 은은한 미소를 지었다. 알 수 없는 미소였다.

"그보다 내 비밀의 장소를 알려줄 테니까 거기서 벚꽃놀이를 제대로 하자. 대신 좀 걸어야 해."

그놈은 아까처럼 앞서 걸었다. 그 뒷모습은 지금까지의 분위기와는 다르게 어쩐지 쓸쓸해 보였다. 은서는 그놈의 뒤를 따라 걸었다. 마치 공기가 멈춘 것 같았다.

내가 아는 그놈

알게 모르게 안개가 짙어지고 있었다.

가까이 걷고 있는 그놈도 흐리게 보일 정도로 짙은 안개였다. 그놈과는 조용히 걸었다. 할 말이 많을 것 같았는데 정작 말을 하려니 할 말이 없었다.

그놈은 불광천 벚꽃길을 벗어나 주택가로 올라갔다. 주택가에 비밀의 장소가 있다고?

"더 가야 해?"

은서가 물었다.

"조금만 가면 돼."

그놈은 왜인지 두 개의 중학교가 맞붙어 있는 곳을 지나고, 한 작은 아파트 단지를 지나, 왼쪽 언덕길로 접어들었다. 열한 시가 넘어서 이제 사람도 거의 없는 주택단지였다. 아니, 이곳은 낮에도 사람이 거의 없는 것 같다.

왜 이렇게 으슥한 곳으로 들어가지? 혹시?

이제 슬슬 설렘이 의심이 돼 가고 있었다. 은서가 가방을 꼭 쥐고 무슨 일이 있으면 당장 도망가야겠다고 결심하고 있을 무렵, 갑자기 눈앞이 환하게 빛났다.

벚꽃이었다.

커다란 벚나무가 나란히 서 있었다. '비밀의 숲'이었다.

"어떻게 주택가 한가운데 이런 벚나무 숲이 있지?"

은서는 감탄하며 말했다.

"이게 전부가 아니야."

그놈은 웃으며 벚나무 사잇길로 들어갔다. 이런 늦은 밤에 남자를 따라 숲속으로 들어간다는 건 무모한 일이겠지만 어느새 그놈에 대한 믿음이 다시 생겨버렸다.

벚나무 사잇길 너머에는 작은 공원이 있었다. 나무로 만든 해먹과 그네를 보면 아이들이 찾는 공간 같은데, 지금은 아무도 없었고, 평소에도 별로 사람이 없을 것 같았다.

"이런 데를 어떻게 알았어?"

은서는 사방을 두리번거리며 물었다.

"이 근처에서 살았거든. 그런데도 난 이곳을 너무 늦게 알았어. 좀 일찍 알았다면 자주 찾아와 보는 건데….”

조금 전까지 갑자기 자욱해졌던 안개는 나타난 것과 마찬가지로 갑자기 사라졌다.

“이제부터라도 자주 오면 되겠네. 그러고 보니 여기서는 별도 보인다. 요즘 별 볼 일이 정말 없었는데.”

은서는 하늘을 올려다보며 말했다. 빛도 거의 없고, 풀벌레 소리도 들리지 않는 조용한 시간이 이렇게 가까이 있는 줄 몰랐다.

“앞으로 자주라….”

그놈은 숨을 쉬듯이 말했다.

“회사 일에 치이지만 않는다면 이곳에 자주 와서 좀 조용히 머리도 식히고, 그림도 그리고 싶어.”

그놈은 한 곳에 가만히 있지 않고 주변을 계속 서성거렸다. 지금까지 여유 있게 보이던 그놈의 모습이 아니었다.

그놈은 갑자기 진지하게 말했다.

“회사에는 두 가지 일만 있다고 나는 생각해.”

“두 가지 일?”

“응. 마음을 줄 일과 마음을 주지 않아도 되는 일. 나를 인간처럼 대하는 사람은 마음을 다해서 상대하고, 나를 그저 사축으로 여기는 사람은 나도 건성건성 대하는 거지. 물론 겉으로는 최선을 다하는 것처럼 보여야 하지만. 그건 연기일 뿐이야. 그렇게 생각하면 마음이 편해."

은서는 김 과장을 떠올렸다. 듣기 싫은 말만 어쩌면 그렇게 골라서 하는지 알 수 없는 그런 인물을 어떻게 상대하란 말이야? 신경을 쓰지 않으려 해도 슬슬 사람 속을 긁는 말만 하는 통에 스트레스가 안 쌓일 수 없었다.

"난 그게 잘 안 돼."

"눼~," 그놈은 갑자기 분위기를 바꿔 은서를 쳐다보며 장난스럽게 웃었다. "그게 잘 안 되시는군요."

"뭐야 그게?"

은서는 어이없어서 웃었다.

"나만의 주문이야. 마음에 없는 행동을 하겠다는 다짐 같은 거지. 마음을 주는 행동을 할 때는 '네' 하고 대답하고, 마음을 주지 않는 행동을 할 때는 '눼~' 하고 대답하고 시작하는 거야. 그러면 정말 행동이 바뀐다니까. 마음도 편해지고…."

"너 정말 웃긴다."

은서는 말도 안 된다고 생각하면서도 김 과장이 부르면 '눼~' 하고 대답하는 자신을 상상해보았다. 못할 것도 없었다.

은서는 그놈을 바라보았다. 옅은 조명 때문인지 그놈의 옆모습이 얼핏 투명해 보였다. 그리고 처음 인상과는 다르게 잘생겨, 아니 멋지게 보였다.

"고마워."

은서는 작은 목소리로 말했다.

"응? 뭐가?"

그놈은 영문을 모르겠다는 얼굴로 돌아보았다.

"네가 해준 모든 것들이. 이런 위로가 되는 말도 해주고, 이런 곳에 데려와 주고, 온전히 나를 위해 시간을 내준 것이. 그 모든 것이 고마워. 게다가 난 아직 네 이름도 기억하지 못하고 있는데."

"별거 아냐."

그놈은 미소를 지으며 대답하다가 뭔가를 골똘히 떠올리는 듯했다. 그러더니 말을 이었다.

"사실, 이 모든 것이 너한테 받은 거니까. 동아리실에 있는 너를 보며 난 항상 위안을 얻었어. 언제나 웃고, 누구에게나 친절했으니까. 반도 다르고, 항상 구석에서 소심하게 끼적대고 있는 나한테도 밝게 인사해줬고."

"네, 그러시군요."

은서는 칭찬이 쑥스러워서 '네' 하고 대답했다. '눼~'가 아니라.

은서는 해먹에 앉아 가방에 넣어놨던 캔맥주를 꺼내, 드디어 오픈했다.

'칙' 하고 거품을 내며 캔이 오픈되는 순간, 현성이라는 이름이 떠올랐다.

그 이름과 함께 갑자기 그리움 같은 게 몰려왔다.

사람 자체로서 사랑받을 자격이 있다는 걸 현성이는 오늘 몸소 보여주었다. 그러니 그 또한 사랑받을 수 있는 사람이다. 그리고 그를 사랑하는 사람은 은서, 자신이고.

캔맥주와 함께 깨달은 사랑 때문에 은서는 조금 어안이 벙벙했다. 민영이에게 지금 사랑이 찾아왔다고 말하고 싶었다. 그때 너랑 같이 웹툰 만들던 바로 그 현성이라고.

아직도 서성이고 있는 현성이를 두고, 은서는 민영에게 톡을 보냈다. 민영에게 이 시간은 한낮이나 다름없기에 바로 답이 올 것이다.

「미농, 너 현성이 기억나니? 같이 웹툰 만들었던 그 애.」

「알지. 참 안됐어.」

마치 손에 휴대전화를 들고 있었던 듯이 빠르게 답이 왔다. 그런데 '안됐어'라니?

「안되다니, 뭐가?」

「너 알고 있는 거 아냐? 작년에 걔 교통사고로 죽었잖아. 청원경찰로 일했다고 한 것 같은데? 영민이가 걔하고 1학년 때 같은 반이었어서 들었지. 기분이 이상하더라고, 잘 알지는 못하지만 그래도 같이 이야기도 해본 애가 그렇게 허망하게 세상을 떴다고 하니까 말이야. 그런데 무슨 일이야?」

'죽었다고? 그럼 저기 앞에 있는 건 누구지?'

은서는 민영에게 답을 보낼 수 없었다. 나중에, 나중에 설명하자.

"양현성!"

은서는 그놈을 향해 크게 소리를 질렀다.

그놈은 고개를 돌리더니 기쁜 듯 웃으며 다가왔다.

"드디어 기억해냈구나. 정말 다행이야. 오늘이 다 가도록 기억 못 할 줄 알고 얼마나 마음을 졸였는지…."

"너 누구야?"

은서는 이 마음이 뭔지 몰랐다. 무서움보다 아쉬움이 더 강했다. 이제 겨우 누군가를 좋아하게 됐는데, 그 누군가가 자기가 아는 누군가가 아닐 수도 있다는 아쉬움이었다. 원래라면 현성이를 사칭해서 자기를 여기까지 데리고 온 사람에 대한 무서움이 훨씬 더 커야 했지만, 지금 은서의 마음은 그렇게 움직이고 있었다.

"미안해. 먼저 말할 수 없었어. 이런 상황에 이렇게 물어보는 나를 용서해 줘. 나를 좋아하게 됐니?"

왜 지금 이런 걸 묻지? 좋아하게 된 게 사실이라고 해도, 지금 이 순간에는 아무 소용 없는 것 아닌가? 은서는 그렇게 생각하면서도 대답했다.

"좋아하게 됐지! 난 양현성이라는 사람을, 아니 오늘 나에게 다가온 그 누군가를 좋아하게 됐어! 그런데 이제 그게 다 무슨 소용이야? 다시 네가 누군지도 모르는데."

은서의 목소리는 떨리고 있었다. 반면에 그놈의 얼굴 표정은 눈에 띄게 환해졌다.

"정말이었어! 내 이름 정도는 기억할 관심이 있어야 나한테 기회가 있다고 했는데, 난 소원을 이루었어!"

"뭔 미친 소리야! 넌 누구고 무슨 소원?"

은서는 도대체 앞에 있는 이 사람을 이해할 수 없었다. 그놈은 은서를 보고 정색했다.

"정말 미안해. 내가 이기적이었어. 너에게는 큰 상처가 될 수 있는데, 나도 모르게 그 목소리를 따르고 말았어."

"그 목소리?"

"첫사랑을 이루어준다는 그 목소리. 누가 말했는지는 모르겠어. 갑자기 목소리가 들려왔고, 내가 첫사랑을 이루고 싶다고 수락하자마자 네 앞에 나타날 수 있었어."

그놈의 눈은 이제 슬퍼 보였다.

"웃기지마. 그 말은 네가 뭐 유령이든지, 귀신이든지 뭐 그런 거라는 뜻이야?"

"뭐라고 불러야 할지 모르겠는데 어쨌든 난 양현성이야. 예전에도 그랬고, 앞으로도 그렇게 기억이 되겠지. 특히 너한테는."

그놈은 그렇게 말하고, 민서의 손을 잡으려 했다. 하지만 그 손은 민서의 손을 지나쳐 허공에서 멈췄다.

"으아악!"

기절하지 않은 게 다행이었다. 은서는 마음을 가라앉히려고 손에 들고 있던 맥주를 벌컥벌컥 마셨다. 놀라서 떨어뜨리지 않은 자기를 칭찬했다.

목구멍으로 짜릿한 맥주가 넘어갔다. 그만 멈춰야 했는데, 그대로 거의 한 캔을 다 마셔버렸다. 눈물이 살짝 나왔다. 물론 목이 따가웠기 때문이다.

"그러니까, 넌 양현성이 맞고, 작년에 교통사고로 죽었다가, 네 첫사랑을 이루어준다는 목소리를 듣고 유령으로 깨어나 내 앞에 있다는 말이야?"

"응… 정리를 잘하네. 네 말이 맞아. 오늘 열두 시까지는 사랑을 이룰 수 있다고 그 목소리가 말했어."

그놈, 아니 현성은 마치 이런 일이 당연하다는 듯 머리를 긁적거렸다. 현성은 더 투명해 보였다. 좀 전에 언뜻 투명해 보인 게 잘못 본 게 아니었다. 이 짧은 시간에 사랑에 빠졌듯이 은서는 현성을 믿고 있었다. 믿지 않을 수 없었다.

"그러면 열두 시면 넌 사라지는 거야? 아니면 그냥 이렇게 같이 살 수 있는 거야?"

"아마도 사라지겠지, 네 앞에서는. 사랑을 이룬 나는 기쁜 마음으로 너를 응원하며 지켜보겠지만."

은서는 눈물을 흘렸다. 이번에는 맥주 때문은 아닌 것 같았다. 이런 '말도 안 되는 말'을 믿고 있는 자신이 한심했다. 똘똘한 줄 알았는데 사기당하기 딱 좋은 성격이네, 하는 생각이 들기도 했다.

'떨어지는 꽃잎을 잡으면 첫사랑이 이루어진다.'

그 말이 생각났다.

'젠장, 내 첫사랑이 아니라 현성이의 첫사랑이었던 건가.'

분하기도 했지만 기쁘기도 했다. 사랑은 어쨌든 이루어진 것이니까. 은서는 빈 맥주 캔을 우그러뜨렸다.

이제 열두 시까지는 몇 분 남지 않았다.

"너 사진 찍으면 나와?"

"아마, 안 나올 거야. 내 생각에는."

"그럼 아무도 날 안 믿어줄 거 아냐."

"아마도 그렇겠지. 내가 이기적이었지. 정말 미안해. 근데 좋아하는 상태로 헤어질 수 있어서 정말 기쁘기도 해."

현성은 처음 봤을 때처럼 미소를 지었다. 그의 얼굴 뒤쪽으로 달빛이 비쳐 보였다.

"거기 앉아봐. 나한테도 기억할 거리 하나는 남겨줘야지."

은서는 그렇게 말하고, 가방에서 아이패드를 꺼내 들었다. 그리고 현성의 얼굴을 스케치하기 시작했다. 현성은 그 뜻을 알아차렸는지 가만히 은서를 쳐다만 보았다.

은서는 조용히 그림만 그렸다. 이렇게 집중해서 그림을 그린 건 정말 몇 년 만인지도 몰랐다. 재빠르게 스케치를 완료하고 색을 칠해야 할까 아주 잠깐 고민하다가 고개를 들자 현성은 어디에도 없었다. 은서는 시계를 봤다. 열두 시가 아주 조금 넘었다. 고개를 드니, 아까까지 선명하게 보이던 별빛이 흐릿해 보였다.

눈물 때문인지, 진짜로 별빛이 흐려진 것인지는 알 수 없었다.

"날 지켜본다고 했지? 그러면 너무 미안해하지 않아도 된다는 말을 해주고 싶어. 사랑은 기간 같은 게 정해져 있는 게 아니잖아? 아주 짧은 순간이라도 난 사랑을 했고, 앞으로도 사랑할 수 있다는 용기를 얻었어. 네가 질투하지 않는다면 앞으로도 사랑하면서 살게. 고마웠고, 사랑해. 아직까지는."

마스터의 아침 방문

은서는 알람 소리에 눈을 떴다.

울다가 자기라도 한 건지, 눈이 퉁퉁 부어서 뜨기조차 힘들 정도였다. 그 와중에도 잠을 잔 자신이 신기하기까지 했다. 그러다 불현듯 이게 꿈이 아니었을까? 하는 생각이 들어 재빨리 가방을 뒤져 아이패드를 찾아서 켰다. 어제의 일이 꿈이 아니라는 유일한 증거는 현성을 그린 그림밖에 없었다. 그러니 그림이 있어야 한다.

하지만 이것도 증거라고 할 수는 없다. 내가 혼자 그린 것인지 누구를 본 것인지 증명하지 못한다. 결국, 하룻밤의 사랑은 은서 혼자만의 일이다.

그래도, 혼자만의 것이라도, 그 짧은 사랑이 존재했던 것이라면 그림도 존재해야 한다.

은서는 앱을 실행시켰다.

그림이… 있었다!

단정한 현성이가 그렇게 그림으로 남아 있었다.

기쁜 마음에 아이패드를 껴안고 있는데 밖에서 음악이 흐른다. 이건 현관 초인종을 누르면 나는 소리다. '택배가 왔나? 이 아침에?' 누군가 초인종을 눌렀을 때 문을 열어주는 담당은 거의 은서였다.

민영은 낮 밤이 바뀐 생활을 주로 하고 있고 또 한 명의 동거인인 현주는 은서보다 나이도 많은 데다가 캐릭터도 강해서 이런 일까지 분담시키지는 않고 있다.

모니터를 보니, 마스터다. 이 셰어하우스의 주인. 여자만 세 명이 살고 있는 셰어하우스를 관리하는 주인이 남자라서 좀 꺼려지기는 했지만, 그대신 월세가 저렴했고, 집이 '매우 매우' 깨끗했다. 다만 마스터가 간혹 찾아왔다. 와서 그저 보일러나 수도계량기 등을 쓱 둘러보고 가는 게 전부였지만.

문을 열어주니 마스터는 아무 말도 하지 않고 휴대전화만 들여다보았다.

그러고 은서의 얼굴을 힐끗 보더니 다시 휴대전화를 들여다봤다. 휴대전화는 좀 특이하게 생겼다. 요즘 스마트폰 같지 않게 안테나 같은 게 삐죽 튀어나와 있었다.

마스터는 뭔가 마음에 들지 않는다는 듯 인상을 썼다. 안 그래도 음산해 보이는 인상이 더 깊어지는 모양새였다.

은서는 이상한 행동을 하는 마스터를 관찰하다가 어제 일이 떠올랐다.

분명 마스터, 아니면 마스터처럼 생긴 사람은 자기와 현성을 뚫어지게 쳐다보았었다. 그게 마스터라면….

"마스터! 어제 저 봤죠? 저기 벚꽃길에서요."

마스터는 대답 없이 더 인상을 쓰더니 고개만 끄덕였다.

"그때 제 옆에 있는 남자 봤어요? 다리 위에 서 있을 때요."

마스터는 아직 대답을 하지 않고, 휴대전화인지 뭔지만 쳐다보았다. 그러고는 엉뚱한 소리만 했다.

"왜 NE가 아니라 PE가 올라갔지? 이럴 리가 없는데…."

"어제 현성이 봤느냐고요!"

은서는 애가 타서 소리를 질렀다.

"아니, 안 보였다."

마스터는 뭔가 기분이 나쁜 듯 대답했다.

"아니, 이 아침 일찍부터 웬 소란이에요! 집 깨끗이 관리해 주는 건 고마운데, 여자만 있는 집에 이렇게 갑자기 찾아와서 소란을 피우는 건 실례 아니에요?"

현주였다. 방에 있다가 거실이 소란스러워서 나온 모양이었다. 앞머리에 헤어롤을 꼽은 채, 노기가 등등했다.

"내가 소란을 피운 게 아니라, 이쪽이 그런…."

마스터는 은서 핑계를 댔다. 사실 은서가 목소리를 높이기는 했다. 은근히 현주의 눈치를 보던 마스터는 휴대전화를 현주의 방향으로 돌리더니 혼잣말처럼 중얼거렸다.

"왜 여기 NE가 더 높아지지?"

"시끄러우니까, 빨리 나가세요. 출근 준비하려면 씻기도 해야 하는데, 남자가 있으면 영 불편해요. 그러니 할 일 다 했으면 나가요."

현주가 손짓까지 하자, 마스터는 슬슬 뒷걸음을 쳐서 나가기 시작했다. 그러면서도 볼멘소리를 했다.

"여기 내 집인데…."

현주는 아무 대답 없이 나가라는 손짓만 반복했다. 마스터가 나가자 현주는 말없이 자신의 방으로 돌아갔다. 은서는 그 와중에도 밖으로 나오지 않는 민영의 방으로 쳐들어갔다. 은서와 민영이 같이 방을 쓰지 않고 셰어하우스를 이용하는 이유는 적당히 프라이버시를 지키고자 했기 때문이다. 그래서 이렇게 다른 사람의 방으로 쳐들어가는 일은 없었다.

은서가 방에 들어갔을 때까지 민영은 입을 헤 벌린 채 침대에서 자고 있었다. 민영의 책상에는 로맨스 소설을 쓰는 작가답지 않게, 셜록 홈즈 같은 추리소설과 코난과 같은 만화책이 잔뜩 있었다.

은서는 자고 있는 민영을 그대로 껴안았다.

"으악, 깜짝이야."

민영은 소스라치게 놀라서 눈을 똥그랗게 뜨더니 은서를 노려봤다.

"뭐하는 짓이야! 아침부터 술 마셨어? 나 방금 잠들었단 말이야."

은서는 민영을 껴안은 채 말했다.

"우리 다시 웹툰 그리자. 네가 대사를 만들고, 내가 그림 그릴게. 시놉시스는 하룻밤에 일어나는 아름다운 사랑 이야기야. 벚꽃을 손에 잡은 한 여자 이야기인데 아주 희망적으로 끝나는 해피엔딩이야."

"그런 이야기는 이따가 해도 되잖아. 낮에 영민이 만나야 해서 자둬야 한단 말이야."

"알았어, 알았어. 나갈게."

은서는 웃으며 방에서 나왔다. 옆 방에서 "동거인 여러분, 아침에는 좀 조용히 합시다!"라고 외치는 현주의 목소리도 들려왔다.

은서는 "눼~, 죄송해요" 하고 외치고 출근 준비를 시작했다. 이제 사다리치킨 간판도 만들고, 웹툰도 그리고, 또 나

자신도 만들어갈 것이다.

✣

한편 마스터는 골목에서 셰어하우스와 손에 들고 있는 에너지 측정기를 번갈아 바라보며 깊은 고민에 빠졌다.

'왜 이루어질 수 없는 사랑을 주었는데, 네거티브 에너지가 아니라 포지티브 에너지가 증가한 거지?'

그리고 '목소리'에게 뭐라고 핑계를 대야 할지 궁리하기 시작했다.

2부

퍼즐

남자 사람 중에 제일 친한 친구

"아함~."

민영은 아이스 아메리카노를 앞에 두고 크게 하품했다. 가장 친한 여자 사람 친구인 은서가 아침에 잠들자마자 깨워서 난리 치는 바람에 제대로 잠을 못 잔 탓이다.

그래도 한참 잊고 있던 웹툰에 다시 관심을 보이니 그건 잘된 일이고, 소재가 로맨스라고 하니 그것 또한 잘된 일이다.

민영은 언제나 판타지 같은 로맨스를 꿈꿔왔다. 첫눈에 반하지 않은 사랑은 사랑이 아니라고 생각했고, 첫사랑은 이루어져야 하며, 그 결말은 언제나 해피엔딩이어야 한다.

그런 자신의 기호와 성향을 현재 웹소설을 연재하며 마음껏 풀어내고 있다. 다행히 요즘 로판, 즉 로맨스 판타지가 유행이라 투고를 받아주는 곳은 종종 있는데 포탈사이트 정식 연재로 이어지지 않아 걱정이다. 선인세를 받기는 하지만, 소액인 데다가 연속해서 인세가 나오지 않으니, 계속 새로운 계약을 맺어야 하고 기계처럼 글을 써야 한다.

'기계 같은 로맨스라니!'

민영은 자신이 떠올린 생각에 기겁했다. 기계와 로맨스는 만나면 안 되는 단어다!

생각을 떨쳐버리려고 민영은 아이스아메리카노를 빨대로 쪽 하고 빨았다. 아이스아메리카노의 카페인과 얼음이 녹아 차가워진 물이 민영의 정신을 짹 하고 깨우는 느낌이었다.

"여기 자리 있나요?"

탄탄한 체격에 짧게 머리를 자른 남자 한 명이 민영의 앞자리에 앉았다. 그러고는 약간 느끼한 미소를 띠며 한쪽 눈을 찡끗했다.

나에게도 이런 날이 찾아오나, 하고 생각할 수도 있는 상황에서 민영은 전혀 그렇게 생각하지 않았다. 앞은 앉은 남자는 다름 아닌, 남자인 사람 중에서 가장 친한 친구인 영민이었기 때문이다. 오늘 민영이 잘 활동하지 않는 한낮에 응암동의 이 카페에 나와 있는 목적이 원래부터 영민을 만나는 거였기 때문에 '로맨틱'과는 관계가 멀었다.

"야, 헛소리 하지 말고, 배고파. 빨리 식당이나 가자."

민영은 인상을 찡그리며 동시에 안경을 코에 제대로 걸치고 말했다.

"무슨 만나자마자 밥 타령이냐. 네가 그렇게 바라던 이 로맨틱한 분위기에서 말이야."

영민은 한 팔로 창밖을 가리켰다. 그곳에는 벚꽃이 가득 핀 나무들이 있었다.

민영은 다시 한번 아이스아메리카노를 쭉 소리가 나도록 빨아서 마시고선 영민에게 쏘아붙였다.

"밥 먹으러 만났으면 밥 먹는 거지. 너랑 무슨 로맨틱이냐."

영민도 그 말에 동의한다는 듯 픽 하고 웃었다.

민영은 영민을 중학교 2학년 때 처음 만나 친해졌다. 같은 반인데다가 이름도 비슷하다는 이유 때문이었다. 민영, 영민. 같은 글자를 순서만 뒤집으면 되는 이름이라 신기하다며 대화하기 시작했다.

게다가 성도 같았다. 이민영, 이영민. 그래서 반 친구들이 둘이 사귀냐고 놀려댈 때마다 "몰랐냐? 우리는 남매야" 하고 농담으로 응수하기도 했다.

영민과는 고등학교도 같은 곳으로 진학했다. 그러니 계속 친할 수밖에 없었다.

"뭐 먹고 싶냐? 가자."

영민이 먼저 일어나며 말했다.

"왜 사주게? 뭘 먹고 싶냐고는 왜 물어봐?"

"혹시 알아? 잘 만하면 사줄지도 모르지."

"백수가 무슨 돈이 있어?"

"어허, 백수라니. 취업준비생, 아니면 공시생이라는 순화된 말을 써야지. 난 곧 나랏일을 할 사람이라고!"

영민이 어깨를 으쓱하며 대꾸했다. 그 으쓱하는 어깨가 꽤 넓었다. 그도 그럴 것이 영민은 지금 소방공무원을 준비하고 있기 때문이다. 소방공무원이 되려면 체력 테스트도 거쳐야 하기에 원래부터 운동을 좋아하던 영민은 꾸준히 체력을 기르고 있다. 민영은 그 넓은 어깨에 손을 올리고 어깨동무를 했다.

민영과 영민은 나란히 길을 걸으면서도 티격태격하며 두 블럭 옆에 있는 라멘 가게로 갔다. 라멘은 각자 돈을 내기로 했다. 그것이 로맨틱하지 않은 남자 사람과 여자 사람 친구 사이의 룰이니까.

로맨틱하지 않은 벚꽃

"아, 배부르다."

영민은 라멘 가게에서 나와 기지개를 켰다. 양이 그리 많지 않았는데도 일단 만족감을 표현하는 건 영민의 오래된 버릇이었다. 민영은 영민의 그 점을 좋아했다. 부정적인 감정이 들 때도 영민의 반응을 보면 기분이 나아졌다.

고등학교를 졸업하고, 각자 대학교에 가고, 영민이 군대를 갔다 올 때까지도 민영과 영민은 수시로 만나 서로의 고민을 이야기하고 못 마시는 술을 마시고, 커피와 차를 마셨다.

그러다 민영이 불규칙적인 아르바이트를 하며 웹소설을 쓰기 시작했고, 영민이 본격적으로 소방공무원 시험 준비를 하고 나서, 만나는 게 좀 뜸해졌다. 그러다 한 달 전부터 한 번 보자고 약속을 잡았고, 그렇게 깰 수 없는 약속의 날이 오늘이었다. 딱히 벚꽃 구경을 하러 나온 건 아니었다. 하지만 벚꽃이 흐드러지게 피었으니 안 로맨틱한 관계라도 같이 걷기로 했다.

"낮에도 사람이 많네."

민영은 새삼스럽게 좌우를 둘러보며 말했다.

"벚꽃은 딱 며칠이 피크니까 나올 수 있는 사람은 다 나왔나 봐. 사람이 없는 것보다는 좋지, 뭐. 우리도 백수처럼 안 보이고."

"어허, 본인이 백수란 말 쓰지 말라고 해놓고, 부정 타게 그런 단어를 입에 올리다니, 무엄하다."

"요즘 사극 쓰고 있냐? 말투가 왜 그러냐?"

"사극은 무슨… 웹소라면 로맨스지."

소설로 화제가 넘어가니 민영은 아침의 일이 떠올랐다.

"오늘 아침에 은서가 갑자기 현성이 이야기를 꺼내더니, 웹툰을 그리자고 하더라. 하룻밤의 로맨스라나?"

현성이와는 같은 반인 적이 있어서 그런지 영민이는 쉽게 대답하지 못했다. 땅을 보며 조금 걷다가 영민이는 입을 열었다.

"현성이가 은서 좋아했었는데…."

"그랬어? 우린 까맣게 몰랐는데."

"원래 당사자만 모르는 게 사랑이라고 하잖아."

"그런가? 너도 수빈이 좋아했는데, 수빈이도 몰랐어?"

민영은 고등학교 시절이 떠올랐다. 영민이는 차분하고 긴 생머리에 얼굴도 하얀, 그야말로 순정만화 캐릭터 같은 수빈이를 좋아했었다. 민영이 알기로 두 번이나 고백했고, 두 번 모두 차였다.

"몰랐을 리가 있냐? 내가 톡으로도 고백하고, 학원 앞에서도 고백했는데?"

"오호! 그런데도 찬 걸 보면 널 정말로 싫어했다는 말이네."

"죽을래?"

영민이는 민영의 머리를 툭 하고 쳤다. 민영의 곱슬머리가 앞으로 내려와 눈을 가렸다.

민영은 머리를 쓸어올리고, 안경을 고쳐 썼다. 영민은 그 모습을 보더니 공연히 화가 난 듯한 말투로 말했다.

"너도 태성이 좋아했잖아. 하여튼 잘생긴 놈만 보면 정신을 못 차리지."

"난 고백하지 않았으니, 차이지도 않았어. 그리고 첫사랑은 고백하는 게 아니라 상대가 알아주는 거야. 그게 로맨스의 정석이지."

안 그래도 민영은 태성이가 생각났다. 키도 크고, 아이돌 센터 감은 아니라도, 보컬 담당은 될 만한 외모의 아이였다. 당연히 인기도 많았다. 민영은 그래도 태성이가 자신을 보는 눈빛만은 다른 아이들을 쳐다볼 때와 다르게 자상하다고 느꼈다. 그런 눈빛을 보내는 사람이라면 졸업하기 전에 자기를 찾아오리라 믿었지만 그런 일은 일어나지 않았다. 졸업식을 하는 그날까지 민영의 주변에는 은서와 영민이밖에 없었다.

"죄다 짝사랑밖에 없었네."

영민이가 투덜거리듯 말했다.

"진짜 숭고한 사랑은 짝사랑이라고. 상대가 나를 안 좋아하는 데도 좋아하는 그 마음. 얼마나 아름답냐."

민영은 그렇게 말했지만 지금 쓰고 있는 소설 속에서는 짝사랑의 상대가 결국 찾아와서 고백하는 해피엔딩을 만들고 있었다. 민영의 마음속에서 그 캐릭터는 태성이었다.

민영이 잠시 태성을 떠올리다가 고개를 드니 어느새 와산교까지 와 있었다. 그리고 바람이 불었다.

바람에 실려 벚꽃잎들이 와산교를 배경으로 춤을 추었다. 민영은 자신도 모르게 날리는 벚꽃잎 쪽으로 손을 내밀었다.

그 모습을 본 영민도 민영을 따라하는 듯 손을 내밀었다.

영민은 손을 휘저으며 민영에게 말했다.

"떨어지는 벚꽃을 잡으면 첫사랑이 이루어진다고 하던데."

민영은 그 말을 듣더니 적극적으로 벚꽃잎을 잡으려 두 손을 휘둘렀다.

“앗! 잡았어.”

민영은 활짝 웃으며 손을 펴보였다. 그곳에 벚꽃잎이 두 장 놓여 있었다.

영민도 자신의 손을 보더니 소리쳤다.

“어? 나도 잡았는데?”

영민의 손에는 손바닥도 아니고, 손가락 사이로 빠져나갈 듯 말 듯이 벚꽃잎이 걸려 있었다.

“뭐야? 이러면 첫사랑을 못 이루는 사람이 없겠는데?”

민영은 벚꽃잎 한 장을 손가락으로 조심스럽게 잡더니, 마치 위조지폐를 감별하는 듯 한쪽 눈을 감고 햇빛에 비쳐 보았다.

“민영아!”

“영민아!”

꽃잎을 감상하고 있는 민영과 영민의 이름을 누군가 동시에 외쳤다. 민영을 부른 것은 남자 목소리고 영민을 부른 것은 여자 목소리였다.

민영과 영민은 그들을 부른 목소리 쪽으로 고개를 돌렸다. 그곳에 태성과 수빈이 서 있었다. 그것도 둘이 손을 잡고서…. 말도 안 돼!

로맨틱 코미디는 해피엔딩

이쯤 되면 이건 로맨틱 판타지가 아니라 로맨틱 코미디다. 벚꽃잎을 잡은 힘일지도 모르겠다.

"어떻게 이런 데서 다 만나네?"

잘생긴 태성이 흰 이를 드러내며 말했다. 그 얼굴에는 정말로 반가움이 가득했다.

로맨스가 드디어 성공하는 것인가? 그러나 민영은 수빈과 아직도 잡고 있는 태성의 손이 신경 쓰였다.

"같은 지역에 사니까 만날 수도 있기는 하겠지만…. 그나저나 너희 둘 사귀는 거야?"

민영은 오래간만에 만난 반가움을 표시하기도 전에 단도

직입적으로 물어봤다.

"응? 아… 우리 만난 지 꽤 오래됐는데? 고등학교 졸업하고 나서 근처 대학교를 가는 바람에 몇 번 연락하다가…."

거기까지 말하고 태성은 수빈을 바라보며 웃었다. 고등학교 때 민영에게 보여주던 미소와는 전혀 달랐다.

영민도 당황스러운지 말없이 상황을 보고만 있었다.

"너희는? 너희도 사귀는 거야? 고등학교 때도 그렇게 친하게 지내더니?"

이번에는 수빈이 물어봤다. 예전에는 청순한 이미지였는데 지금은 커리어 우먼의 느낌도 나면서 아름다움이 얼굴에 가득 올라왔다. 민영은 영민의 눈치를 봤다. 수빈의 얼굴만 빤히 쳐다보고 아무 말도 하지 않는 걸 보면 이미 고등학교 시절로 정신은 나가 있는 상태일 것이다. 그런 영민을 대신해서 민영이 대답했다.

"사귀기는 무슨. 그냥 밥 친구야. 혼자 밥 먹기 싫으면 만나는 친구."

"어쨌든 반갑다, 야. 내일 주말이 되면 여기 사람도 많을 것 같고 그래서, 우리는 연차 맞춰서 벚꽃놀이 나온 거거든. 둘도 오늘 연차야?"

수빈이 물었다. 요즘 뭐 하고 지내느냐는 질문을 아주 고급스럽게도 했다.

"뭐, 그 비슷한 거지."

민영은 자신도 아르바이트와 마감에서 하루 정도 벗어났고 영민이도 오늘은 학원을 쉬니까 연차라고 해도 딱히 속인 건 아니라고 여겼다.

민영은 주눅이 들기 시작했다. 태성이가 신촌에 있는 명문대에 들어갔다는 이야기까지는 들은 적이 있다. 수빈이도 꽤 공부를 잘했는데 근처 학교라고 했으니 명문여대를 다녔을 가능성이 높다. 물어보기 싫지만 둘 다 꽤 좋은 직장을 다니고 있겠지.

태성이를 다시 만나면 마음속에 품고 있던 로맨스가 이뤄지려나, 하고 아주 작은 기대를 했었는데, 이제 빨리 이 자리를 뜨고 싶다는 생각이 점점 더 강해졌다.

"아하하하, 정말 반갑다. 너희 정말 좋아 보인다. 역시 잘 어울리는 한 쌍이야. 명함 있으면 줘. 연락할 일 있으면 하게. 난 지금 공시 준비 중이라 명함 같은 게 없네. 소방관 하려고, 아하하."

영민이 이제 정신을 차렸는지, 과장된 동작으로 하지 않아도 될 말까지 하며 방정을 떨었다.

"멋있다. 소방관. 그래서 몸이 이렇게 좋구나. 근데 평소에는 명함 잘 안 가지고 다니는데 핸드폰 줘봐, 내 번호 입력해줄게."

태성이 영민이의 전화기를 받아 갔다. 태성이 영민의 핸드폰에 번호를 입력하는 동안 수빈이 조용히 영민이에게 말했다.

"내 연락처는 그대로야. 알지?"

"아, 알지. 혹시 학교 다닐 때 일을 기억하고 있다면 신경 쓰지 마. 내가 그때 워낙 고백을 많이 하고 다녀서, 일일이 다 기억도 나지 않는다. 그냥 십 대 남자애들은 다 멍청이라고 생각하면 돼."

영민은 태성의 눈치를 보면서 역시 과장되게 팔을 휘둘렀다. 그러고 보니 영민은 아직 4월인데 혼자 반팔 티셔츠를 입고 있었고, 그 팔에 탄탄하게 근육이 붙어 있었다. 자랑을 하고 싶었는지도 모르겠다. 민영은 태성에게 핸드폰을 쓱 내밀었다.

"나한테도 입력해줘. 난 연락처 없거든."

"어, 그래."

태성은 영민의 핸드폰을 돌려주고 민영의 핸드폰을 받아 갔다.

"어? 내 번호가 이미 있는데? 티… 피?"

깜박했다. 예전에 친구의 친구를 통해 전화번호를 알아내, 저장한 적이 있었다. 한 번도 연락하지 않았어서 전화번호가 저장돼 있다는 걸 기억하지 못했다. TP. TP는 '태성 프린스'

의 약자였다. 민영은 재빨리 태성의 손에 들려 있는 자기 핸드폰을 낚아챘다. 그러고 얼굴이 빨갛게 익어가는 걸 보이기 싫어 뒤로 돌며 말했다.

"아… 그게 왜 있지? 너 박태성 아니었나? 그래서 그냥 간단하게 태성 파크… 티피라고 저정했던 것 같기도 하고…."

"야, 나 이태성이잖아. 이렇게 관심이 없었나? 나름 친했던 것 같기도 한데…."

'친했지. 나 혼자서만.'

민영은 태성에게 전화를 건 다음 한 번 신호가 가자마자 끊었다.

"거기 번호 떠 있지? 그거 내 번호니까 저장해."

"응, 알았어."

'거봐, 나 혼자만 친한 거였잖아. 너한테는 내 번호도 없었잖아.'

민영은 부끄러움이 물러가자 다음에는 오기가 몰려오는 걸 느꼈다. 그리고 혼자 다짐했다.

'로맨틱 코미디라도 로맨스는 로맨스. 어쨌든 해피엔딩으로 끝내기만 하면 되는 거지!'

"너희는 이제 뭐 할 거야?"

민영은 태성과 수빈을 번갈아 보며 물었다.

"글쎄…. 방탈출 카페나 한번 가보려고 하는데. 태성이가 그런 거에 마니아거든."

수빈이 답하자 태성이 변명하려는 듯 주머니에서 뭔가를 주섬주섬 꺼냈다. 마치 무슨 티켓 같은 것이었다.

"오다가 이것도 받았고. 여기 엄청나게 유명한 방탈출 카페인데, 평소에는 예약이 꽉 차 있는 데거든. 그런데 이 티켓이 있으면 자동으로 예약되고 할인도 팔십 퍼센트나 해준대."

"근데 이 티켓을 준 사람은 좀 특이했어, 그치?"

수빈이 태성의 말을 받아서 말했다.

"맞아. 뭔가 좀… 사람을 뚫어보는 눈빛이랄까? 옷도 완전히 검은색에, 머리카락이며 수염이며. 그래서 처음에는 이상한 사람일 줄 알고, 피하려고 했는데 불쑥 티켓을 내밀더라고. 그래서 나도 모르게 받았는데, 이거였어."

태성이 신기한 일을 겪었다는 듯이 말했다.

"나도 그런 사람 하나 아는데…. 우리 집 주인."

민영이 마스터를 떠올리며 말했다.

"생각보다 그런 사람 흔한가 보다."

태성은 별일 아니라는 듯이 웃어 넘겼다.

"그건 그렇고, 가자!"

민영이 말했다.

"응?"

"가자고!"

"어디를?"

"거기, 방탈출 카페."

"지금?"

"응!"

"같이?"

"응!"

태성은 잘 이해가 안 되는 눈치였다. 태성은 수빈을 돌아봤다. 수빈도 어떻게 해야 할지 잘 모르는 표정이었다. 태성은 도와달라는 표정으로 영민을 쳐다보았다.

영민이 뭐라고 말하기 전에 민영이 먼저 말했다.

"영민아, 너도 좋지? 방탈출 카페 좋아했잖아."

"내가?"

"응!"

민영은 영민에게 눈치 좀 챙겨, 하는 텔레파시를 보냈다.

"아, 좋아하지. 와! 나도 가보고 싶어. 내가 구조요원을 지망하잖아. 그러니까 방을 잘 탈출해야지."

영민은 민영의 신호를 알아채고 횡설수설하기 시작했다. 민영이 듣기에도 이유 같지 않은 이유였다.

"그래, 같이 가자. 오래간만에 만났는데. 우리도 벚꽃은 충분히 봤으니까, 이제 좀 다른 데로 가려고 생각하고 있었거든."

오히려 수빈이 달래듯이 말했다.

그렇게 민영과 영민은 태성과 수빈 커플에 껴서 방탈출 카페로 가기로 했다.

태성과 수빈은 앞서 걸었고, 민영과 영민은 뒤따라 걸었다. 여전히 벚꽃은 바람에 휘날렸고, 굳이 잡으려 하지 않아도 머리에 꽃잎이 내려앉았다.

"무슨 생각이냐? 저기 왜 껴? 돈도 없는데."

영민이 아주 작은 목소리로 물었다.

"이왕 이렇게 된 거 첫사랑을 이뤄야겠어. 그게 로맨스 소설의 기본이니까."

"뭐?"

"내가 태성이하고 잘되면, 너도 수빈이하고 기회가 생기는 거 아냐? 우리 오늘 합동 작전을 펼쳐보자고."

영민은 인상을 쓰더니, 결심한 듯 동조했다.

"오케이. 한번 해보자. 내가 철저히 밀어줄게. 자, 하이파이브."

영민이 손을 위로 뻗어 내밀었다. 민영도 손을 들어 마주쳤다.

"너네 뭐해?"

앞서 가던 수빈이 뒤를 돌더니 물었다.

“어, 아니야. 방탈출 카페에서 잘 탈출하자고 다짐했어.”

“너희 정말 웃기는 커플이다.”

수빈이 뒷걸음으로 걸으며 말했다. ‘웃기는 커플.’ 그 말에 악의는 없어 보였지만 민영은 도전장으로 받아들였다. 곱슬 머리를 다듬어 넘기고, 안경을 고쳐 썼다. 결투다!

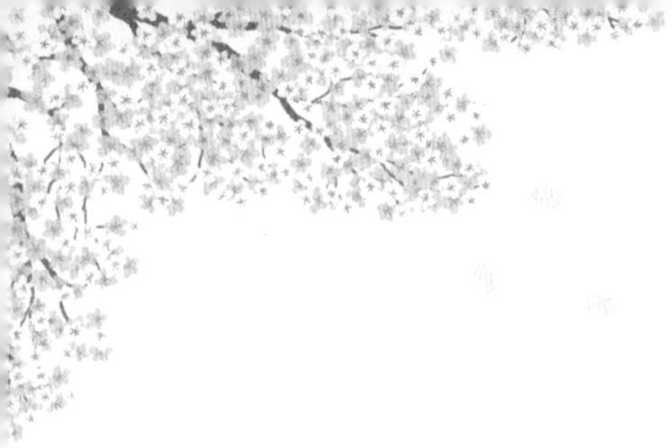

다시 열리지 않는 방문

"택시 타자니까."

태성이 지쳤는지, 투덜거리기 시작했다. 아까까지 보였던 자상하고 따뜻한 이미지와는 거리가 조금 멀어졌지만 민영은 그래도 태성을 좋아하기로 마음을 먹었으니 계속 좋아하기로 했다.

태성은 택시를 타고 가자고 제안했지만 민영이 같이 걷자고, 20분이면 갈 수 있다고 고집을 부렸다. 오랜만에 만난 태성에게 택시비를 부담시키는 게 부담이었던 데다가 같이 걸어가면 더 친근하게 느껴질 것이라고 민영은 계산했다. 하지만 불광천 벚꽃길에서 연신내에 있다는 방탈출 카페까지는 걸어서 한 시간 이상이 걸리는 거리였다. 걷기 시작한 지 40분이 넘어가자 불만의 목소리가 나오기 시작했다.

불만은 로맨틱과 상극이다. 거기다 불만의 대상으로 자신이 지목된다면 아주아주 잘못되고 있는 중이다.

"이 앞에 '니은 서점'이라고 아주 예쁜 서점이 있어. 이렇게 걸어오니까 동네서점도 구경할 수 있고 좋은데? 수빈이 넌 고등학교 때도 책을 많이 봤잖아. 지금도 책 많이 봐?"

영민이 밝은 분위기로 말하며 앞을 가리켰다. 거기에는 진한 녹색으로 벽을 칠한 작은 서점이 있었다. 민영은 영민이 자기를 도와주려고 그렇게 말한 건지, 아니면 수빈에게 잘 보이려고 그런 건지는 알 수 없지만, 그 말 덕분에 대화할 거리가 생겨난 건 고마웠다.

"논술에 도움이 된다는 책만 읽었지, 뭐. 요즘 책을 손에 잡아본 지 한참은 된 것 같은데."

"논술 때문이라고 해도 어려운 책을 꽤 많이 읽었잖아. 난 아직도 책은 공시용 참고서밖에 안 보는데. 민영이는 글을 써야 하니까 지금도 책을 엄청 많이 읽어."

영민의 저 말은 아무리 생각해도 태성이 들으라고 한 말이 틀림없다.

"글을 쓴다고?"

그 말에 태성은 반응이 없고 수빈만 민영을 돌아보았다.

태성은 그저 빨리 방탈출 카페에 가고 싶은 모양이다.

"아니, 난 그냥…."

민영은 웹소설 작가라고 말하기가 조금 부끄러웠다. 히트작도 없는 데다가 아직 그걸로 생활비를 벌지 못하는 상태니, 전업 작가도 아니었다. 자신을 띄워주려고 말을 꺼낸 것이겠지만 소설로 화제를 돌린 영민이 원망스럽기도 했다.

"저기 간판이 보인다."

태성이 외쳤다.

태성의 손끝을 따라가 보니 검은색 바탕에 흰 글씨로 '데몬스 로드'라고 쓰여 있는 간판이 보였다. 태성이 아주 유명한 곳이라고 했는데 민영이 보기에는 촌스럽기 그지 없었다. 은서에게 새로 간판을 해달라고 의뢰하고 싶을 정도였다.

게다가 데몬스 로드, 악마의 길이라는 상호명도 세련과는 거리가 꽤 멀어 보였다. 하지만 태성에게 방탈출 카페를 좋아한다고 이미 말해놨으니 태연하게 그 뒤를 따라 걸어 들어갈 수밖에 없다.

'마스터?'

순간적으로 방탈출 카페 안내 직원을 셰어하우스의 마스터와 착각했다. 분명히 다른 사람인데, 분위기가 매우 흡사했다. 검은색 옷에 사람을 통과해서 보는 듯한 강한 눈빛. 그런데 나이는 셰어하우스의 마스터보다 어려 보였다.

"어서 오세요. 전 데몬스 로드 연신내점을 책임지고 있는 마스터입니다. 그러니까 편하게 마스터라고 불러주시면 되겠습니다."

이것도 우연인가? 이 사람도 자기를 마스터라고 불러달라고 했다. 아니면 요즘 마스터란 직함이 유행인 건가?

"데몬스 로드 시즌 3는 총 다섯 개의 방을 통과하는 미션이 있고 제한 시간은 한 시간입니다. 안쪽 첫 번째 방에 화장실이 있고 인터폰이 마련돼 있습니다. 저한테는 인터폰으로 연락을 주시면 되겠습니다. 여러분의 즐거운 게임 생활을 위해 휴대전화는 이곳 카운터 금고에 보관하도록 하겠습니다. 음료와 음식 주문하시겠습니까? 혹시 탈출을 못 할 때를 대비해 넉넉히 음식을 시키는 걸 추천 드리겠습니다."

"탈출 못 해도 한 시간이면 나오는데요, 뭘. 하하하."

태성이 웃으며 말을 받았으나 마스터는 웃지 않았다. 마스터는 조금 인상을 쓰는 듯하더니 메뉴판 가장 뒤쪽을 펼쳐서 보여줬다.

"기본 제공되는 음료는 다음과 같습니다. 정말 음식은 필요 없으실까요?"

"필요 없어요. 게다가 삼십 분이면 나올 거라고요."

태성은 단호하게 말했다.

마스터는 다른 말은 하지 않고 첫 번째 방으로 안내해줬다. 마스터가 음료를 가지러 잠시 자리를 비운 사이 수빈이 말했다.

"좀 이상한 사람 같지 않아?"

"음식을 팔아야 뭐가 좀 남나 보지. 할인도 많이 해줬으니까 말이야. 그런 장삿속에 넘어가면 안 돼."

태성이 짐짓 심각한 표정을 지으며 말했다.

"태성아, 아까 할인 티켓 줬다는 사람이 마스터야?"

민영이 물었다.

"아니 분위기는 비슷한데 다른 사람이었어. 좀 더 나이가 든 느낌이었는데 이쪽 관계자는 다 비슷한가 봐. 다른 체인은 안 그런 것 같은데."

그 사이 마스터가 음료를 가지고 들어왔다. 마스터는 테이블에 음료를 내려놓더니 말했다.

"이제 이 방문을 닫으면 안에서는 열 수 없습니다. 여러분은 오 번 방을 통해 탈출해야 합니다. 제가 방문을 닫으면 타이머가 작동하기 시작할 겁니다."

마스터는 그말과 함께 나가며 방문을 닫았다. 그와 동시에 벽에 걸려 있던 타이머의 숫자가 거꾸로 흘러가기 시작했다.

방문이 닫히자마자 영민은 벌떡 일어나더니 주변을 뒤지기 시작했다. 힌트를 찾으려는 듯했다.

“영민아, 음료 마시고 천천히 시작해. 이런 데는 식은 죽 먹기라니까. 너무 빨리 나가는 것도 손해니까 천천히 즐기자고.”

태성은 그렇게 말하고 커피를 마셨다. 그리고 수빈과 눈을 맞추고는 웃었다.

민영은 그 모습에 질투가 났다. 그리고 왠지 모르게 불안했다. 그래서 일어나 영민과 함께 방을 둘러보기 시작했다.

✣

마스터는 카운터 옆에 놓여 있는 CCTV를 보다가 모니터를 껐다. 그리고 천천히 걸어나와 카페 문을 닫고, ‘Close’라고 적힌 팻말을 내걸었다. 카페 안에, 마스터 옆에 또 다른 마스터가 서 있었다.

“부탁 들어줘서 고마워.”

“같은 업종에 있는 사람끼리 돕고 사는 거지.”

“그러면 다음에 찾아올게.”

두 마스터는 간단히 목례를 했다. 셰어하우스의 마스터는 문을 열고 어디론가 나가버렸고, 데몬스 로드의 마스터는 자리에 앉더니 인터폰도 꺼버렸다.

F.I.R.S.T

민영은 퍼즐을 잘 푸는 사람을 태성이 매력적이라 생각할 것이라 여겼다. 아무래도 취미가 비슷한 사람에게 더 호감이 가기 마련이니까.

그래서 이 첫 번째 방의 퍼즐을 재빨리 푸는 모습을 보여줘야겠다고 다짐했다. 반면 수빈은 퍼즐 자체에는 별 관심이 없는 듯했다. 태성과 함께 웃으며 이야기를 나누고 있을 뿐이었다. 아무래도 퍼즐은 태성이 전담하는 모양이다.

두 번째 방과 연결된 문에는 숫자키가 달려 있었다. 이 숫자키를 맞춰야 첫 번째 방에서 건너갈 수 있는 구조였다. 첫 번째 방의 컨셉은 권투 선수의 방이었다. 구석에 샌드백과 권투 글러브가 있었고 책상 위에는 여러 가지 권투 장면을 찍은 사진이 널브러져 있었다.

민영은 코난과 김전일을 떠올리며 사진을 뚫어져라 쳐다보았다. 물론, 코난이나 김전일이라면 살인 사건 현장에 있겠지만.

영민은 권투 글러브가 마음에 들었는지, 손에 끼더니 섀도우 복싱을 시작했다.

"야, 정신 없으니까 가만히 좀 있어!"

민영은 공연히 영민에게 소리를 질렀다. 빨리 퍼즐을 풀고 매력을 보여주고 싶은 마음이 앞섰다. 영민은 겸연쩍은 표정으로 글러브를 벗고 샌드백을 들여다봤다.

그제야 태성은 자리에서 일어나 주변을 둘러보기 시작했다.

"방탈출 카페는 스토리가 중요해. 이 방은 청소년 권투 선수의 방인 듯해. 고등학교 교과서가 저기 있잖아. 사진에 찍힌 선수들이 다 청소년 아마추어 복서야. 그렇다고 사진에 찍힌 사람이 주인공은 아니야. 다 폴라로이드 사진인데 각각 여러 인물이 찍혀 있잖아. 이건 이 방 주인이 찍었다는 이야기지."

태성은 자신 있게 추리를 해나갔다.

"그 말이 맞는 것 같아."

수빈이 맞장구를 치며 함께 사진을 보았다.

민영은 그런 수빈의 모습이 마음에 들지 않았다. 주체적이지 않은 저런 모습을 태성이 좋아할 리가 없었다. 외모적으로, 물론 객관적으로도 수빈이 더 미인형에 가깝긴 했지만, 자신의 외모도 충분히 개성적인 미인이라 불러도 무방하리라 자신했다.

민영은 괜히 벽에 걸려 있는 거울에 안경을 벗은 자신의 모습을 비쳐 보았다.

"뭐하냐?"

영민이 다가왔다.

"아니야, 아무것도. 추리나 해."

아니면 나를 도와주든가, 하고 속으로 말을 삼켰다.

영민은 구석에 있는 의자에 앉으며 투덜댔다.

"난 추리에 소질이 없나봐. 소질이 있었으면 탐정을 하려고 했겠지. 그런데 이 방 주인은 엄청나게 열심히 운동을 했나 봐. 샌드백에 좌우명이 쓰여 있더라고. 뭐였지? '주먹에 알이 배도록 해야 다음 세상을 볼 수 있다'였나? 그새 까먹었네."

영민의 말에 민영은 샌드백으로 다가갔다. 샌드백에는 영민의 말대로 낙서가 돼 있었다. 볼펜으로 쓴 손글씨였다.

'주먹에 알이 배도록 해야 다음 세상을 볼 수 있다.'

민영은 그 말이 신경 쓰였다. 왜인지 이유는 알 수 없었다. 태성은 샌드백에는 별 관심이 없는지 여전히 사진만 계속 들여다보고 있었다. 민영도 태성의 곁으로 다가가 같이 사진을 보았다. 사진은 대부분 복싱 체육관에서 운동하는 남자아이들의 모습이었다. 그중 한 남자아이의 모습이 중복돼 있었다. 어떤 사진에서는 남자아이가 카메라 쪽을 쳐다보고 활짝 웃었다. 민영은 이 방의 주인공을 알 것만 같았다.

민영은 자기 생각이 맞는지 알아보려고 권투 글러브를 손에 끼웠다. 손에 딱 맞았다.

"영민, 너 아까 글러브 꼈었잖아. 손에 맞았어?"

"아니 좀 작아서 억지로 꼈어. 왜?"

"아무것도 아니야."

민영은 샌드백 앞에서 권투 자세를 흉내 내 보았다. 주먹에 맞아서 닳아 있는 부분과 민영의 주먹 위치가 정확히 맞았다.

"이 방의 주인공은 여자 권투 선수야. 그 사진에 찍힌 남자아이를 좋아하고 있어. 아마도 짝사랑일지도 모르지."

민영은 자신의 추리를 말했다.

태성과 수빈도 민영을 주목했다. 민영은 눈을 감고 이 방의 주인공을 상상하듯 말했다.

"키는 대략 백육십 센티미터. 음… 아마도 백육십 센티미터 조금 못 미칠 거야. 운동하고 시합 중에는 안경을 벗겠지. 머리는 짧아. 아마도 곱슬일지도 모르지. 권투를 별로 좋아하지 않는데 남자아이 때문에 하는 것인지도 몰라."

"그걸 어떻게 알았어?"

태성의 질문에 민영은 감고 있던 눈을 떴다.

"키는… 여기 샌드백에 난 자국이 나랑 같으니까 백육십이 조금 안 될 테고, 나머지는… 그냥 추측이랄까?"

민영은 자신도 모르게 이 방의 주인공에 자신을 대입했다.

"민영이는 어떤 상황에서도 로맨스 스토리를 만들거든. 로맨스 웹소설 전문 작가라서 그래."

영민이 민영의 속마음을 들여다보듯 말했다. 조금 전에 간신히 이 화제에서 벗어났는데, 영민이 다시 같은 화제로 끌고 들어왔다. 그리고 아까 길 위에서 그랬듯이 이번에도 가장 먼저 반응해준 사람은 수빈이었다.

"와, 진짜? 정말 멋있다. 나도 요즘 책은 안 보는데, 출퇴근 길에 핸드폰으로 웹소설을 보거든. 내가 본 소설 중에 네가 쓴 것도 있을까? 핸드폰이 없어서 내가 읽는 소설 보관함을 못 보여주겠네. 작가 이름 중 민영은 없었던 것 같기는 하지만…."

"아마 네가 본 것 중에 내가 쓴 건 없을 거야…."

민영이라는 이름을 사용하지 않거니와 설령 필명을 안다

고 하더라도 수빈이 봤을 리가 없다. 그만큼 인기 작가도 아니고 정식 연재 작가도 아니다. 그래도 수빈이 반가워하는 마음은 진짜인 듯해서, 조금 호감을 가져도 좋지 않을까 하는 생각은 했다.

"작가가 되려면 어떻게 해야 해? 스토리가 매일 머릿속에서 펑펑 쏟아져 나올 만큼 재능이 있어야 해? 사전 찾아보지 않아도 될 정도로 단어를 많이 알아야 하고?"

"아니, 작가 중에 그런 사람은 없어. 다 그냥 어떻게든 스토리도 짜내야 하고 어휘가 모자라서 항상 고민해야 하고…."

이렇게 솔직할 필요가 없었지만 수빈의 좋아하는 마음은 순수한 듯해 정성껏 대답할 수밖에 없었다.

'응? 어휘? 단어의 사용?'

민영은 어휘라는 말에서 단서를 떠올렸다.

"주먹에 알이 배도록 해야 다음 세상을 볼 수 있다."

민영은 샌드백에 쓰여 있던 좌우명을 중얼거렸다. 그 좌우명이 신경 쓰인 이유를 알 것 같았다. 그리고 퍼즐이 풀려나가고 있었다. 민영은 자기가 퍼즐을 풀었다는 것을 태성에게 알려야 했다.

"수수께끼는 모두 풀렸어."

민영은 김전일의 표정과 손짓을 흉내 내며 말했다.

이제 태성도 민영을 주목했다.

"난 아까부터 저 문장이 왠지 이상했어. 이유를 몰랐는데, 단어 사용이 잘못된 거였어."

민영은 이번 만큼은 주목받는 게 좋았다. 민영은 뿔테 안경을 치켜올리고 말을 이었다.

"이 방에서는 주먹과 관련된 단어가 많이 등장하더라고, 권투의 권자도 주먹이라는 뜻이고, 좌우명에도 등장하고, 글러브도 있고…. 주먹은 영어로 피스트지."

"나도 거기까지는 생각해서 에프, 아이, 에스, 티의 알파벳 순서를 숫자로 변환해서 6−9−19−20까지는 추리했어. 그런데 이 숫자가 아니더라고. 숫자의 조합도 아니고…."

태성이 어깨를 으쓱하며 말했다. 민영은 미처 못 봤는데, 이미 태성은 거의 근접해서 자물쇠를 열려고 시도까지 했었다. 태성이 말한 알파벳 순서와 숫자를 연결시키는 건 방탈출 카페나 추리소설의 근본 같은 것이다.

A − 1	J − 10	S − 19
B − 2	K − 11	T − 20
C − 3	L − 12	U − 21
D − 4	M − 13	V − 22
E − 5	N − 14	W − 23
F − 6	O − 15	X − 24
G − 7	P − 16	Y − 25
H − 8	Q − 17	Z − 26
I − 9	R − 18	

"피스트까지는 맞아. 그런데 알은 주먹에 배지 않아. 알은 근육에 배는 거야. '주먹에 알이 배도록'이라는 문장이 그래서 어색했던 거야. 주먹에 알이 밴다라…. 피스트에 알이 더해지면?"

Fist에 r이 더해지면 한 가지 단어가 나온다. First. 처음이란 단어였다. 태성은 이제야 깨달았는지, 자신의 머리를 찰싹 하고 때렸다.

민영은 우쭐해져서 말을 계속했다.

"그리고 다음 문장은 '다음 세상을 볼 수 있다'였어. 아마도 문이 열린다는 뜻이겠지. 태성이가 말한 방식대로 알파벳 순서를 숫자로 치환하면 6-9-18-19-20이지."

민영은 거기까지 말하고는 긴장을 감추며 문에 붙어 있는 자물쇠로 향했다. 그리고 순서대로 번호를 눌렀다. 그러자 지징 하고 자물쇠가 열리는 소리가 났다.

"와, 풀었다. 풀었어. 대단하다. 역시 작가라 그런지 추리가 대단해."

수빈이 두 손 모두 엄지손가락을 올리며 칭찬을 퍼부었다. 수빈은 의외로 귀여운 면이 있는 친구였다.

'내가 수빈이에 대해서는 잘 몰랐나 보다.' 민영은 수빈이에게 미안함을 느꼈다. 공부 잘하고, 예쁜 아이는 건방질 것이라는 선입견이 자신을 지배하고 있었다. 선입견은 결코 글을 쓰기에 좋지 않다.

민영과 다른 아이들이 주춤거리는 사이 태성은 문을 열고 두 번째 방으로 건너가버렸다.

민영과 영민 그리고 수빈까지 두 번째 방으로 건너가자, 문이 잠겼다. 한 번 지나간 방은 다시 돌아갈 수 없었다.

L.O.V.E.S

두 번째 방도 첫 번째 방처럼 평범했다. 아니, 거의 같았다. 거의 같은 구조였다. 책상이 있고, 책이 있고, 책꽂이가 있었다. 다만 권투에 관계된 것은 모두 사라졌다. 대신 타이머 옆에 시가 적힌 액자가 몇 개 걸려 있었다. 타이머는 이제 37분을 가리켰다. 벌써 23분이 지나간 것이다.

시간이 빠듯해 보였다. 민영은 서둘러 힌트를 찾으러 책상을 뒤졌다.

"야, 너 실수한 것 같아?"

영민이 조용히 다가와 귓속말을 했다.

"뭐가?"

"좀 전에 태성이 얼굴 굳는 거 못 봤어?"

"왜?"

"네가 퍼즐을 풀어서. 그것도 수빈이 앞에서 잘난 척하며 퍼즐 풀이를 설명했잖아."

"그게 왜? 퍼즐 좋아하는 사람 앞에서 퍼즐 잘 푸는 모습을 보여주는 건 좋은 것 아냐?"

"바보냐?"

영민의 목소리가 커지자 태성과 수빈이 돌아봤다. 정말로 태성의 표정이 굳어 있는 듯했다.

"어, 아무것도 아니야. 우리끼리 해결할 문제가 좀 있어서…." 영민이 얼버무리고 다시 민영에게 속삭였다. "남자는 자기보다 능력이 높은 사람을 좋아하는 게 아니라, 자기 능력을 칭찬해주는 사람을 좋아해. 넌 완전히 반대로 한 거야. 로맨스 작가가 그것도 몰라?"

"아니, 내가 아는 태성이는 그런 칭찬에 넘어가는 애가 아니야."

"태성이도 마찬가지야! 이번 방에서는 알아도 입 꾹 다물고 태성이가 알아내면 칭찬이나 열심히 해. 수빈이보다 훨씬 더!"

"으~ 잘될지 모르지만, 해볼게."

민영은 안경을 고쳐 썼다. 정말로 잘될지 모르겠다는 생각이 들었다. 그렇게 생각 없이 칭찬하는 걸 좋아한다고? 기억 속의 태성이는 그런 아이가 아니었다. 언제나 자신감 있고 다른 사람을 따뜻하게 바라볼 줄 아는 아이였다. 시간의 흐름이 태성이를 그렇게 바보처럼 만든 것인지, 아니면 자기가 변한 것인지 알 수 없다.

"이거 일기장 같은데?"

수빈이 책꽂이에서 책을 한 권 찾았다. 겉면에 일기장이라고 쓰여 있지는 않지만 누가 봐도 일기장이었다. 다행히 자물쇠가 채워져 있지는 않았다.

수빈이 눈으로 내용을 훑다가 한 곳을 가리키며 말했다.

"이 페이지만 연필로 쓰여 있어. 다른 곳은 다 볼펜으로 쓰여 있고 평범한 내용인 듯해."

"아마도 감추고 싶은 이야기라 연필로 쓰지 않았을까? 나중에 지울 수 있도록 말이야."

태성이 추리하기 시작했다.

"태성이 맞는 것 같아. 난 그런 생각을 전혀 못 했는데…."

민영은 고개를 크게 끄덕이며 말했다.

영민이 민영을 보고 작게 고개를 좌우로 흔들어 신호를 보냈다. 칭찬 연기가 너무 어색했나 보다. 민영은 태성과 눈을 마주치지 않으려 고개를 돌렸다.

"내가 한번 그 부분을 읽어 볼게."

이제는 다가갈 방법이 없다.
내가 좋아하는 건 복싱이 아니라 너였는데.
내가 좋아한 건 주먹이 아니라 시였는데.
넌 같이 땀 흘리는 난 좋아했지만,
시를 노래하는 난 싫어했지.
난 너이기만 하면 다 좋았는데.
넌 영원히 내 중심에 있는 시를
이해하지 못하겠지.
그게 나에게 다가오는 길이라도.

일기는 그렇게 끝났다.

"첫 번째 방의 주인공이 실연당했나 보다. 안됐다. 그러니까 복싱을 좋아하지도 않았는데 그 남자아이 때문에 방에 샌드백을 가져다 놓을 정도로 열심히 운동했다는 거잖아."

수빈이 정말 슬픈 듯이 말했다.

민영은 작가인 자신보다 수빈의 감수성이 더 뛰어날지도 모른다고 생각했다. 왜냐하면 지금 이 순간에도 민영의 머릿속에서는 로맨틱한 스토리보다 일기 퍼즐의 힌트가 먼저 떠올랐기 때문이다.

'어디로 가버린 거야, 내 감수성!'

민영은 고개를 절레절레 흔들면서도 이 모든 것이 태성을 향한 마음 때문에 일어난 현상이라고 자신을 설득했다. 그리고 찾아낸 힌트를 태성에게 알려주려고 노력했다. 절대 혼자 풀면 안 되었기에.

"태성아, 이건 시가 중요하다는 말이 맞지? 영민이는 이런 것도 전혀 눈치를 못 채고 있는 것 같아."

민영은 이해해달라는 표시로 영민을 보고 입술을 꾹 다물었다.

"어, 그래. 난 시는 도통 모르겠더라. 랩이나 알지."

영민이 동조해줬다.

"랩도 난 리듬이 있는 시 같아서 좋던데."

이번에는 수빈이 영민을 도와줬다. 영민의 얼굴에 미소가 걸렸다. 자연스럽게 영민과 수빈은 좋아하는 래퍼를 화제로 이야기를 시작했다.

4각 구도가 점차 모양을 잡아가는 것 같아서 민영은 혼자 흐뭇한 미래를 그려보았다.

자연스럽게 민영과 태성은 벽에 붙어 있는 액자 쪽으로 방향을 잡았다. 액자는 모두 다섯 개였다.

"아무래도 이 시를 말하는 것 같지?"

"응, 이 시가 이번 방의 열쇠인 것 같아."

태성이 질문하면 민영이 대답했다.

"이 다섯 개 중에 '내 중심에 있는 시'가 어떤 시일까?"

이번에는 먼저 민영이 물었다. 누가 들어도 알 수 있도록 힌트를 포함한 질문이었다. 물론 태성이 방탈출 카페를 좋아한다고 했기 때문에 이 정도의 힌트만 있으면 충분히 알 수 있다는 계산이 있었다.

"이 시가 중심에 있는 시야."

태성이 자신 있게 손가락으로 가리켰다.

"와, 어떻게 그렇게 자신 있게 골랐어?"

민영은 최선을 다해서 칭찬했다. 다섯 개의 액자 중에 당연히 가운데 있는 시가 '중심에 있는 시'라는 것을 알면서도. 이제 시의 수수께끼를 풀어야 한다. 아직 민영도 이 시의 수수께끼는 풀지 못했다. 거기에는 생전 처음 보는 '로마의 사랑들'이라는 시가 적혀 있었다.

로마의 사랑들

로마에서는
보이는 대로
로마에서는
거꾸로
보이는 대로

이 생소한 시 앞으로 영민과 수빈도 모였다.

랩을 이야기하는 그들의 힌트가 도움이 될 수도 있었다. 다만 민영은 자신이 먼저 힌트를 찾아 태성을 도와줄 수 있기를 바랐다.

“로보로거보.”

영민이 중얼거렸다.

“그게 무슨 뜻이야?”

민영이 물었다.

“아무 뜻이 안 되네. 난 무슨 세로 드립 그런 것인가 해서.”

“아무 말이나 막하지 마라.”

민영은 영민의 배를 쿡 찔렀다.

“로만 러브스.”

이번에는 수빈이 중얼거렸다. 시의 제목을 영어로 바꾼 것뿐이었다. 역시 배를 쿡 찔러주고 싶었지만, 차마 민영은 수빈의 배를 찌르지 못했다. 아직 그 정도까지 가까워진 건 아니었다.

“아까처럼 로만 러브스의 알파벳 순서를 따라 숫자를 누르면 되는 거 아닐까?”

영민이 낸 의견에 따라 태성이 알파벳 순서를 풀었고, 비밀번호를 눌렀다.

"18-15-13…. 아니야. 여섯 자리까지만 눌렀는데 벌써 에러 코드가 나왔어. 아무래도 비밀번호는 여섯 자리인가 봐."

태성이 다행이라는 듯 말했다. 자신이 꼭 풀고 싶어서 나온 감정일 것이다. 민영도 똑같이 다행이라고 생각했다.

'어?'

갑자기 민영의 머릿속에서 불이 켜졌다. 힌트를 찾은 것 같았다.

ROMAN LOVES. 시의 제목을 대문자로 떠올린 순간, 민영의 머릿속에서 숫자가 하나하나 제자리를 찾아 들어갔다.

'고맙다. 홈즈, 코난, 김전일, 푸아르, 뒤팽 그리고 뤼팽. 한때 추리소설과 만화에 빠져 산 덕을 여기서 보는구나. 역시 사람은 책을 읽어야 해. 50-0-5-3-5. 이게 틀림없어. 여섯 자리이기도 하고.'

민영은 입을 틀어막았다. 웃음이 나오려는 걸 들키면 안 된다. 그리고 태성에게 힌트를 줘야 한다.

민영은 주춤주춤 태성 가까이 접근했다. 어깨가 거의 닿을락 말락 할 정도가 되자 마치 혼잣말처럼 중얼거렸다. 그러나 태성에게는 충분히 소리가 닿을 만한 크기로.

"러브스라는 단어는 꼭 그림 같이 생겼네…. 무슨 숫자려나…."

"풋."

영민은 미처 웃음을 참지 못했다. 민영의 의도를 충분히 알고 있기 때문에 그 연기가 민망했다.

하지만 민영은 신경 쓰지 않기로 했다. 어차피 태성은 영민이 왜 웃는지 모를 것이다.

이왕 이렇게 된 거 좀 더 연기를 해보기로 했다. 민영은 대학교 때 글을 쓰는 데 도움이 될 것 같아 연극반에 들어가서 공연을 해본 기억을 되살렸다.

"S는 꼭 5처럼 생겼고, E는 3자를 거꾸로 놓은 것처럼 생겼는데, 에이~ 아니겠지? 도통 모르겠네."

영민은 이제 팔까지 배배 꼬았다. 이건 민영을 놀리려는 게 분명했다. 민영은 영민을 '눈으로 욕한다'는 표현이 딱 맞을 정도로 쳐다보았다. 수빈은 순진한 얼굴로 민영과 영민을 번갈아 보았다. 태성은 민영의 말에서 힌트를 얻었는지 액자를 쳐다보며 집중했다.

"로마, 보이는 대로, 로마, 거꾸로, 보이는 대로…. 50-0-5-3-5!"

"맞…. 음."

태성이 외쳤고 민영은 '맞아'라고 소리칠 뻔했다.

태성은 문으로 달려가 숫자를 순서대로 눌렀고, 역시 '지잉' 하는 소리와 함께 문이 열렸다.

"와아, 대단해. 어떻게 알았어?"

민영은 과장되게 태성을 칭찬했다. 박수도 칠까 했지만 그건 오버라는 느낌이 들었다. 슬쩍 영민을 쳐다보니 엄지손가락을 치켜세웠다. 그건 태성이에게 보내는 칭찬이 아니라 민영이에게 보내는 칭찬이었다.

'너의 칭찬을 칭찬해.'

태성이 어깨를 으쓱하더니 자기가 어떻게 추리했는지를 설명했다.

"결국 시에 답이 다 있었어. 로마의 사랑들. 일단 영어 LOVES가 중요해 LOVES도 다섯 글자이고 시도 다섯 행이잖아. 그래서 한 글자마다 한 행이라고 생각했어. 첫 째줄 '로마에서는'은 L을 로마 숫자로 보라는 뜻이었어. 그러니까 50. 두 번째 줄 '보이는 대로'는 O를 보이는 대로 생각하라는 뜻이지. 숫자 0처럼 생겼잖아. 다시 세 번째 줄은 로마 숫자로 보면 되니까 V는 5야. 다음은 '거꾸로'지. E를 거꾸로 하면 3이 되잖아. 그다음은 '보이는 대로' S는 숫자 5. 그래서 50-0-5-3-5."

태성은 우쭐하며 설명을 마쳤다. 그 중간에 단 한 번도 민영에게 힌트를 얻었다는 말은 하지 않았다.

민영은 이제 태성의 마음에 드는 게 문제가 아니었다. 이 게임에서 인정받지 못한 것이 섭섭했다.

태성은 수빈의 손을 잡고 세 번째 방으로 건너갔다. 바뀐 건 아무것도 없었다.

C.O.M.E

두 번째 방문이 닫혔다.

세 번째 방은 매우 단출했다. 방에 책상 하나가 전부였다. 각 방마다 걸려 있는 타이머는 계속 시간이 흐르고 있었다.

이제 5분밖에 남지 않았다.

“생각보다 시간이 오래 걸렸네. 너희는 어떻게 할래? 추가 요금을 지불하고 계속할래? 아니면 여기서 포기하고 나갈래? 난 수빈이하고 계속할 생각이야.”

태성이 물었다. 태성과 수빈이 두 번째 방 이후부터는 더 꼭 붙어 있었다. 더는 애정 표현을 자제할 이유가 없는 모양이었다.

"물론 계속해야지."

민영이 말했다.

"자, 잠깐만."

영민이 민영을 데리고 구석 자리로 갔다. 그러고는 속삭이듯 말했다.

"야, 그만해도 될 것 같아. 태성이는 그렇게 칭찬해도 너한테 별로 신경 쓰지 않는 것 같아. 돈도 없고."

"음… 사실 나도 잘 모르겠어. 그냥 이 방탈출을 다 깨보고 싶어. 그렇게 같이 고생하고 나면 정이 든다잖아. 그 정이 로맨틱하게 바뀔 수도 있지."

민영은 영민에게 솔직하게 말하지 못했다. 태성에 대한 관심이 조금씩 식어가고 있음을 자신도 느끼고 있었다. 그냥 이대로 포기하는 모습을 영민에게 보이기 싫었을 뿐이었다. 자기 감정이든, 이 방탈출 카페든.

"네가 정 그렇다면…."

영민은 수긍해주었다.

영민도 함께하겠다고 말하자 태성은 시간을 연장하려고 인터폰을 들었다.

"이상하네… 아무 신호가 안 가."

태성은 몇 번 인터폰을 들었다 놨다 했다.

"요즘 누가 이렇게 구식 인터폰을 사용해. 그냥 안에서 키

오스크 같은 걸로 음료나 음식도 시키고, 연장도 하고 그렇게 만들어야 하는 거 아냐?"

태성은 카운터에서 계속 연락을 받지 않자 투덜대기 시작했다.

"한 시간 넘어가면 연락이 오겠지, 뭐. 그리고 만약 인터폰이 고장이었으면 추가금을 안 받을지도 모르잖아. 일단 퍼즐부터 풀자."

영민이 웃으며 제안했다.

잠시 이상한 집착에 사로잡혀 있느라 잊고 있었다. 민영은 저 영민의 온화함을 좋아했다. 그래서 바쁜 마감 중에도 이렇게 시간을 내서 만난 것이다.

그런데 현실은 다른 사람 눈에 들어보겠다고 어울리지도 않는 짓을 하고 있다. 객관적으로 전혀 그렇게 보이지 않으리란 걸 잘 알지만 민영은 생각했다. '좋게 말해 플러팅, 나쁘게 말해 꼬리를 치고 있네.'

생각하면 할수록 민영의 머릿속은 점점 복잡해지고만 있었다. '빨리 방을 탈출하는 데 집중하자. 로맨스는 나중, 지금은 탈출이다.'

방 한가운데 있는 책상에는 자물쇠도 없었다. 단 한 장의 종이만 책상 위에 올려져 있었다. 마치 누군가에게 보내는 편지 같았다.

이제 정말 모르겠다.

내 마음이 어디를 향하고 있는지.

모든 것을 정리했다.

아니 모든 것을 한쪽으로 밀어버렸다.

모든 것을 한쪽으로 밀어버리려다 나까지 밀어버렸다.

나를 구해줘.

'내 속마음 같네.' 민영은 생각했다. 오전까지 단순하던 인생을 스스로 복잡하게 만들어버렸다. 원래 난 로맨스를 좋아했던가? 로맨스를 좋아해서 로맨스 소설을 쓰고 있는 건가? 태성이를 좋아했던 것은 맞나? 내 기억의 착각인가? 민영도 생각과 마음과 감정을, 이 방의 주인공처럼 한쪽으로 밀어버리고 퍼즐에 집중하기로 했다.

"이건 무슨 소리일까?"

태성이 편지를 보며 인상을 썼다. 이 방의 주인공에 공감하고 있는 사람은 민영뿐인 듯했다.

"그거 이면지 같은데?"

"이면지라고? 너무 안 로맨틱한 거 아냐?"

영민은 말하다 민영이 흘겨보는 걸 보고는 말을 멈췄다. 왜 그렇게 보는지는 전혀 모를 것이다.

편지 뒤쪽에 그리스 신화 같은 이야기가 쓰여 있었다.

노예 출신 그리스 철학자 에픽테토스는 자신이 죽을 날짜를 두 제자에게 예언했다.
"난 내년인 135년에 죽을 것이다. 그날에 맞게 나를 찾아오거라."
에픽테토스는 다음과 같이 여러 날을 말했다.

1월 14일, 1월 15일, 1월 18일
2월 16일, 2월 17일
3월 13일, 3월 15일
4월 13일, 4월 14일, 4월 16일

그리고 나서 제자들을 따로 불러내 A에게는 달만, B에게는 날짜만 말해주더니 이렇게 말했다.
"너희 둘은 서로에게 달과 날짜를 말해주지 말거라. 그리고 각자 나의 죽음에 맞춰 찾아오거라."
두 제자는 고민했다. 그러다 동시에 말했다.
"난 언제인지 모르겠어."
A와 B는 서로 한참을 쳐다보다가 날짜만 알고 있는 B가 말했다.
"처음에는 몰랐는데, 나는 이제 알겠다."
그 말을 듣고 달만 알고 있던 A가 말했다.
"그러면 나도 이제 알아."
에픽테토스가 예언한 날은 언제일까?

“이게 무슨 소리야?”

영민은 어리둥절한 표정을 지었다. 막막하기는 민영도 마찬가지였다.

주변에 다른 힌트라고는 없었다.

“타이머가 마이너스로 들어갔어.”

수빈이 벽을 손으로 가리키며 말했다. 보통 타이머는 0이 되면 끝나든가, 다시 처음으로 돌아가게 돼 있는데, 이건 좀 이상했다.

“마이너스 오 분…. 이거 마이너스만큼 추가 요금이 붙는 건가 보다. 할인은 글렀네.”

영민이 웃으며 말했다. 이제 시간은 신경 쓰지 않기로 했다.

”이거 이차방정식으로 만들면 되려나? 월과 일을 각각 변수로 놓고…. 혹시 펜 가진 것 있냐?”

태성이 말했다.

“아니.”

“나도 없어.”

“나도.”

요즘 간단한 메모는 모두 스마트폰으로 하니까 펜 같은 건 안 가지고 다녔다.

“암산으로 풀기에는 좀 복잡한데….”

“아! 역할극을 해보면 어떨까? 너 대학교 때는 연극 동아리 활동했잖아.”

영민이 민영이에게 말했다.

“여기서 갑자기 그 얘기가 왜 나와?”

민영이 영민을 돌아보며 말했다.

“저 이야기를 보면 복잡한 계산 없이 두 제자가 바로 눈치 채잖아. 역할극을 하다 보면 답이 떠오를 수도 있어. 내가 네 공연을 보러 갔었잖아. 너 연기 굉장했었어.“

“그런 얘기 하지 마.”

민영은 영민이 자기를 돋보이게 하려고 그런다는 건 알았지만 이렇게 남들 앞에서 내보일 만한 건 아니라고 여겼다.

“야, 민영이 대단하다. 학교 다닐 때는 그냥 조용하고 말 없는 아이인 줄 알았는데, 정말 멋져. 소설도 쓰고 연기도 하고. 부럽다, 정말.”

수빈이 웃으며 말했다. 이건 놀리거나 비웃는 게 아니라 순수한 칭찬이었다. 수빈에게 적의는 없었다. 민영은 혼자 수빈을 연적으로 상정해놓았다는 게 부끄러웠다. 태성에 대한 감정만 없다면 모두가 좋은 친구가 될 수 있었다.

“그래 해보자.” 민영은 태성을 바라보았다. “네가 제자 B라고 생각해. 난 제자 A 역할을 할 테니까. 스승님이 나한테는 달만 알려주었고, 너한테는 날짜만 알려준 상황이야. 서로 그걸 말하면 안 돼. 집중해 봐. 무엇이 보이는지."

태성과 민영은 서로 눈을 맞추고 마주 보았다. 그 장면을 영민과 수빈이 바라보았다. 상황만 아니라면, 태성과 민영이 사랑하는 사이라고 오해할 만한 장면이었다.

"난 언제가 예언일인지 몰라."

"나도."

그러고 또 둘이 한참을 바라보더니 이번에는 태성이 먼저 말했다.

"아까까지는 몰랐는데, 이제는 알 것 같아."

"그럼 나도 알아."

민영이 화답하더니 둘이 동시에 외쳤다.

"3월 15일!"

태성과 민영은 마주 보고 웃었다.

"뭐야, 어떻게 된 거야?"

영민이 물었다.

"네 말이 맞았어. 상황극을 했더니, 머릿속으로 저절로 계산이 돼버렸어. 이건 계산 문제가 아니라 심리 게임이었어."

민영은 퍼즐을 풀어낸 게 기뻐서 영민의 손을 잡고 팔짝팔짝 뛰었다. 그 둘을 태성과 수빈은 손을 꼭 잡고 쳐다보았다.

"너희 진짜 잘 어울린다."

수빈이 말했다. 역시 순수한 모습을 하고서.

"무슨 소리 하는 거야."

"뭐 그런 말도 안 되는 소리를 하고 그래!"

민영과 영민은 누가 먼저랄 것도 없이 마주 잡았던 손을 놓고 화를 냈다. 아니, 화를 내는 듯했다.

"근데 어떻게 3월 15일이 나온 거야?"

수빈은 민영과 영민이 진짜로 화내는 것이 아니라는 것을 안다는 듯 빙그레 웃으며 태성에게 물어봤다.

"둘이 동시에 모른다고 말했으니, 상대가 정확한 예언일을 모른다는 걸 서로 알았잖아."

"그런데 만약 태성이가 17일이나 18이란 말을 들었다면 태성이는 정확한 예언일을 알았겠지. 18일이 있는 달은 1월밖에 없고 17일이 있는 달은 2월밖에 없으니 말이야. 그런데 태성이는 모른다고 했어. 그러니까 1월과 2월에는 예언일이 없어."

민영이 태성이의 말을 듣고 이어서 말했다.

"나는 처음에는 몰랐는데 이제 알았다고 했어. 그러면 13일은 아니지. 만약 13일이라면 여전히 나는 정확한 예언일을 몰라야 해. 3월에도, 4월에도 13일이 있으니까."

"그리고 마지막으로 나도 알았어. 만약 내가 4월이라는 말을 들었다면 알 수가 없어. 아직 14일과 16일이라는 선택지가 남았으니까. 그렇다면 내가 아는 유일한 선택지는 3월이라는 말을 들었을 때 뿐이야. 이제 남은 날짜는 3월 15일밖에 없어."

민영과 태성은 서로를 이해한다는 듯 빙그레 웃었다.

"너희 정말 대단하다. 영혼의 단짝을 만난 것 같네."

영민이 민영을 보고 한쪽 눈을 찡끗하면서 웃었다.

민영은 씁쓸하게 웃고 나서 태성에게 비밀번호를 누르라고 말했다.

"어? 이상한데 0315라고 눌렀는데, 안 열리네?"

태성이가 당황한 듯 말했다.

"음…. 연도까지 넣어야 하는 거 아닐까? 135년이라고 했잖아."

수빈이 옆에서 태성이에게 말했다.

"그런가?"

태성이 연도까지 넣어 몇 가지 조합을 해보았다. 결국 비밀번호는 3월 15일 135년이었다. 315135.

태성과 수빈은 같이 비밀번호를 풀어낸 것이 기쁘다는 듯 가볍게 키스하더니 네 번째 방으로 넘어갔다.

"3-15-13-5…. COME…."

민영은 자신도 모르게 비밀번호의 숫자를 영문에 대입하며 중얼거렸다.

"뭐라고?"

영민이 물었다.

"응? 아무것도 아니야. 그나저나 나에게는 저 둘을 갈라놓을 매력이 없나 보다. 이제 너한테 달렸어. 네가 수빈이의 마음을 네 쪽으로 돌리는 거야. 그 방법밖에 없다."

민영은 자신의 마음에서 태성이 사라지고 있다는 것을 영민에게 알리기 싫어 농담처럼 말했다. 로맨틱 코미디는 끝나가고 있었다.

T.R.U.E

민영과 영민까지 네 번째 방으로 건너오자 뒤에서 문이 잠기는 소리가 들렸다.

네 번째 방은 일단 좁았다. 네 명이 동시에 앉아 있을 수도 없는 정도의 크기인 데다가 조명마저 어두워 음산한 분위기가 풍겼다.

타이머의 붉은 불빛이 그 음산함에 한층 더 깊이를 더했다. 타이머는 마이너스 58분을 가리키고 있었다. 벌써 데몬스 로드에 들어온 지 두 시간 가까이 되어가고 있었다.

“좀 지치지 않아? 게다가 이 방은 너무 좁아서 답답하기도 하고.”

태성이 먼저 말을 꺼냈다. 여전히 수빈과는 딱 붙어 있는 채였다. 민영도 피곤함을 느꼈다. 가능하면 끝까지 가보고 싶지만 지금 포기한다고 해서 아쉽지는 않은 상태였다.

"일단 음료수라도 시켜 먹으면서 생각해보자. 다들 지쳤으니 내가 쏠게."

태성이 말하자, 영민이 엄지손가락을 세워 보였다.

하지만 인터폰을 하던 태성의 얼굴이 굳어졌다.

"이거 모든 방의 인터폰이 고장 난 것 같은데? 이번에도 아무 신호가 안 가. 아무래도 이거 나가면 단단히 따져야겠어. 이 상태라면 진짜 감금된 거나 다름 없잖아."

타이머는 이제 마이너스 70분에 다가가고 있었다. 이미 두 시간이 넘은 것이다.

"어쨌든 빨리 풀고 나가서 그 기분 나쁜… 마스터에게 따지자."

빨리 풀고 나가기에는 힌트가 별로 없었다. 뒤쪽은 우리가 건너온 세 번째 방과 연결된 문인데, 이미 잠겨 있었다. 앞쪽은 마지막 5번 방으로 연결되는 문이 있었다. 역시 번호키로 잠겨 있었다.

그리고 왼쪽 벽에는 타이머와 인터폰이 걸려 있었고, 오른쪽도 비슷한 벽인데, 거울이 하나 걸려 있을 뿐이었다.

"여긴 아주 쉬운 문제가 하나 정도 있는 방일 거야. 문제를 여러 개 내기에는 방이 너무 좁아. 일단 벽부터 살펴보자."

태성이 퍼즐 풀이를 주도했다. 아직 무엇이 퍼즐인지도 모르는 게 문제이기는 했다. 벽 하나당 한 명씩 붙어서 힌트를 발견하려고 애를 썼지만 눈에 띄는 건 없었다.

민영은 거울이 붙어 있는 벽을 담당했다. 거울은 손자국 하나 없이 깨끗했다. 거울의 뒤나, 거울이 붙어 있던 벽에서 아무것도 찾을 수 없었다.

'이 방의 주인공은 이제 모든 면에서 마음을 닫았나 보다.'

민영은 그녀에게 공감할 수 있었다. 첫사랑에게 다가갔다가 멀어지고, 마음을 정리할 수 없었다가, 이제 마음을 닫는 순간까지 와버린 것이다. 이 문을 열어주고 싶었다. 그래서 더 넓은 어딘가로 나가라고 말해주고 싶었다. 겨우 하나의 사랑에 갇혀 있지 말라고 외치고 싶었다. 그럴 자격이 있는지는 모르겠지만.

예상외로 힌트는 발견되지 않았다. 당연히 빠져나갈 수 있으려니 했지만 혹시나 하는 마음이 파고들어 불안감이 올라갔다. 타이머가 마이너스 90분을 지나가고 있었다. 이제 다들 지쳤고, 머리도 아팠다.

"이제, 그만할래요!"

영민이 소리쳤다. 작은 방이라 귀가 아팠다.

"귀 아파, 소리치지 마."

민영은 귀를 막고 말했다.

"혹시 들려서 이쪽으로 올지 모르잖아. 한 번만 더 소리칠게. 여기 그만한다고요!"

혹시나 하는 기대감을 가졌지만, 아무 반응이 없었다.

"우리만 여기 남겨두고 퇴근한 건 아니겠지?"

영민은 불안한지 문을 두드렸다. 쾅쾅쾅. 다들 귀를 막았다. 문을 두드리는 소리는 목소리와는 또 다르게 귀를 파고들어 왔다. 역시 대답은 없었다.

민영은 몇 분이나 흘렀는지 보려고 타이머를 쳐다봤다. 그런데 숫자 대신 알 수 없는 글자가 쓰여 있었다.

"저거 왜 저래? 고장 났나?"

글자는 영어도, 숫자도, 한글도 아닌 듯했다. 또 그 모두와도 비슷했다.

'3u ㄱT' 굳이 글자로 나타내면 그런 모양이었다.

"고장일 리가 없어. 저건 힌트야."

태성이 단정하듯 말했다.

"그러면 지금 이 상황이 다 통제되고 있다는 건가? 탈출할 시간이 한 시간 이상 지났는데도 아무 연락 없으면서?"

영민이 따지듯 말했다.

"태성이한테 따질 문제는 아니잖아."

수빈이 영민에게 말했다. 영민이도 수빈이에게 멋지게 보이기는 그른 것 같다.

"아, 미안. 내가 너무 예민했나 봐. 갇힌 사람이 있으면 구해야 하는 입장이 되려고 노력하고 있는 중이라 갑자기 욱했네."

영민은 그렇게 말하고 다시 사람 좋은 웃음을 띠었다.

그래, 영민은 소방공무원을 준비하고 있는 사람이다. 잠시 그걸 잊었다. 지금 이 상황이 답답할 수도 있었다.

"카운터에서 지켜보다가 힌트를 주는 게 아니라, 센서가 작동한 걸 수도 있어. 가령 큰 목소리라든가…. 그렇다면 네가 도움이 된 거지."

태성이 분위기를 부드럽게 만들려고 말했다.

"거울!"

민영이 소리쳤다. 다들 놀라 거울을 쳐다보았다. 거울에 비친 '3u ㄱT'는 다른 모양이었다. 'TruE.'

이 방의 주인공은 '진실'만을 믿기로 했나 보다. 자기 안에 있던 진실. 민영은 나름 기뻤다.

"True를 알파벳 순서로 만들면 뭐지?"

"20-18-21-5."

문 앞에 있던 태성이 재빨리 숫자를 입력했다. 하지만 문에서는 아무 반응이 없었다.

"이상하네. 이 정도면 풀려야 하는 거 아닌가?"

태성은 중얼거리듯 말했다.

"꼭 2018년 2월 15일 같아. 너랑 나랑 친구에서 연인이 되기로 한 바로 그날인데."

수빈이 작은 목소리로 태성에게 말했다.

"그런 날이 여기서 힌트일 리가 없잖아. 우리가 언제 만났는지를 여기서 어떻게 알겠어."

태성의 목소리도 많이 누그러졌다.

"그래도… 답이 아니라도… 로맨틱하기는 하잖아. 아무것도 아닌 데에서 의미를 찾는 게 사람이니까."

수빈은 태성을 올려보며 웃었다.

태성도 수빈의 마음을 아는지 꼭 껴안았다.

로맨스는 저쪽에 있구나, 하고 민영은 생각했다. 다만 그들의 사랑을 축복하기에는 감정의 거리가 너무 가까웠다. 질투는 안 하지만 이 정도로 달달하기를 원했던 건 아니야….

타이머는 이제 정상으로 돌아왔다. 마이너스 100분. 민영은 지쳐서 바닥에 주저앉았다. 더는 아무 생각이 나지 않았다. 진실이 맞는데, 왜 문이 열리지 않은 거지?

민영을 따라 수빈도 바닥에 앉았다.

"너 옷 더러워질 것 같은데…."

"너도 이미 바닥에 앉아 있잖아."

민영이 걱정해주자 수빈이 옆에 앉으며 웃었다. 동지가 생긴 느낌이었다.

그 옆으로 태성도 수빈 옆에 딱 붙어 앉았다. 이제 서 있는 사람은 영민뿐이었다.

"밀실 구조는 화재에 취약하기 때문에, 이렇게 설계된 방은 허가가 나왔을 리 없어."

영민이 벽을 두드리며 말했다. 그러고는 거울이 걸려 있는 벽 앞에 섰다.

"여기야. 이 거울이 붙어 있는 벽만 가벽이고, 다른 벽은 다 콘크리트야. 여기를 뚫으면 나갈 수 있어."

"말도 안 되는 소리 하지 마. 방탈출 카페에서 벽을 뚫는 경우가 어디 있어."

민영이 지친 목소리로 말했다.

영민은 그 말에 아랑곳하지 않고 벽에서 거울을 떼어내 맞은편 벽에 세웠다.

"어쩌려고?"

민영이 다급하게 물어봤다.

"뚫어야지. 지금 이 상황이 단지 퍼즐이 아니라면? 위기 상황이라면? 우리가 정말 갇힌 거라면? 난 이 상황을 그냥 두고 볼 수 없어. 모두 지쳤잖아."

말이 끝나자마자 영민은 벽으로 달려가 어깨를 부딪쳤다. 큰 소리가 울렸다.

"그만해. 그러다가 이거 다 물어줘야 하는 수가 있어!"

영민은 영화에서 봤는지, 코를 쓱 닦는 흉내를 내더니 다시 벽을 향해 몸을 날렸다.

다시 쿵 하고 벽이 흔들리는 소리가 났다.

"그만하라니까. 하나도 안 멋있어. 그런다고 수빈이가…."

민영은 황급히 입을 닫고 '수빈이가 멋있게 봐줄 것 같아?'라는 말을 꿀꺽 삼켰다.

"내가 뭐?"

수빈이는 동그랗게 눈을 뜨고 쳐다봤다. 민영은 어떻게 변명해야 할지 몰라서 우물쭈물했다. 하지만 대답할 필요가 없었다. 영민이 먼저 대답을 해버렸다.

"난 멋있게 보이고 싶거든. 수빈이 너한테." 잠시 말을 멈추고 영민은 태성을 바라봤다. "그리고 태성이 너한테도." 이번에는 민영을 보았다. "민영이 너한테도. 그렇게 해서 내가 여기저기 취직이 안 돼서 소방공무원 시험을 준비하는 게 아니라, 정말 사람을 돕고 싶어서 공부하는 중이란 걸 인정받고 싶거든."

거기까지 말하고 영민은 몸을 힘차게 던졌다.

그러자 거짓말처럼 벽이 넘어갔다. 그리고 벽 너머에는 기대와는 다른 풍경이 펼쳐져 있었다. 이렇게 벽을 넘어뜨리는 게 답이라고 말하듯이 마지막 다섯 번째 방이 나타났다.

말하고 싶지 않은 진실

넘어진 벽과 함께 나뒹군 영민이 몸을 일으켰다. 그러자 태성이 다가와서 어깨를 두드리더니 말했다.

"멋있었어!"

그러자 수빈도 똑같이 말했다.

"멋있었어!"

영민은 잔뜩 기대한 눈으로 민영을 보았다. 그러나 민영은 주변을 돌아볼 뿐 말이 없었다. 영민은 민영에게 소리쳤다.

"너는?"

놀란 눈을 한 민영이 돌아보았다.

"응?"

“너는 왜 멋있었다고 말 안 하느냐고!”

“아, 멋있었어.”

“그렇게 건성으로 말하지 말고, 진심을 담아서 말하라고!”

“진심이야! 멋있었어!”

민영이 소리 치자 영민은 만족하다는 듯 웃었다. 민영은 한숨을 한 번 쉬더니 주위를 둘러보았다. 다섯 번째 방은 네 번째 방과 다르게 지나칠 정도로 넓었다. 그리고 벽은 전체가 하얀색이었다. 조명도 흰색이었고, 마지막으로 통과해야 할 문도 흰색이었다. 그리고 벽에 타이머 외에 아무것도 없었다.

“네 번째 방은 좁기라도 했는데, 여긴 넓은 데다 아무것도 없으니 좀 무섭기도 하네.”

수빈이 말했다.

“게다가 이건 뭐지? 약간 안개가 끼어 있는 느낌이 드는데?”

태성이 손을 휘저으며 말했다. 정말로 뭔가 방 안에 끼어 있는 느낌이었다.

타이머는 이제 마이너스 110분이었다. 이대로라면 총 세 시간이 넘게 갇혀 있게 될 터였다.

민영은 안개 같은 것을 걷어내려고 손부채질을 하며 문 쪽으로 나아갔다. 하얀 문 한 가운데 검은 점 같은 게 박혀 있는 걸 봤기 때문이다.

외시경이었다. 요즘은 다들 카메라가 달린 인터폰을 사용하니 외시경을 볼 일이 별로 없었다. 민영이 살고 있는 셰어하우스에도 이런 게 달려 있었던 것 같기는 했다. 이걸 통해 밖을 본 적은 없지만….

민영은 혹시라도 힌트가 있을지도 모른다는 생각에 외시경에 눈을 가져다 댔다.

밖에 어렴풋이 사람의 그림자가 보였다. 처음에는 데몬스 로드의 마스터인 줄 알았다. 그런데 조금 더 집중해서 쳐다보자, 데몬스 로드가 아니라 셰어하우스의 마스터인 듯했다.

'저 사람이 왜 여기 서 있는 거지?'

민영의 생각이 채 끝나기도 전에 시야가 점차 환해지더니 아무것도 볼 수 없게 됐다.

✣

'뭐지?'

민영은 다시 시야가 돌아오는 걸 느꼈다. 그런데 앞에 보이는 장면은 방탈출 카페가 아니었다.

여기는 분명… 고등학교 운동장이다. 게다가 눈앞에 은서가 앉아 있다. 따뜻한 봄 날씨, 햇볕이 따가웠고, 은서와 민영은 딸기 우유를 마시고 있었다.

민영은 점심시간 틈틈히 은서와 딸기 우유를 같이 마셨던 기억이 났다. 딸기 우유를 마시면 가슴이 커진다는 말이 돌았었다. 지금은 전혀 믿지도 않는 말이지만. 현재 가슴 크기를 생각하면 그에 대한 증명은 이미 끝났다.

"넌 이따가 학원 가?"

"가야지, 뭐. 어쩌겠어."

은서의 말에 대답하는 건 분명 자신이 맞지만, 실제로 행동하는 게 아니라 구경하는 느낌이었다.

"태성이가 어떤 학원 다니는지는 알아냈어?"

"야, 내가 말했잖아. 내가 고백하는 게 아니라 태성이가 나한테 고백하게 만드는 거라고."

"그래도 네가 눈에 띄어야 고백을 하든지 말든지 할 거 아냐. 주변에 애들이 저렇게 많은데 어떻게 너한테 반하냐?"

민영은 고개를 돌려 태성을 봤다. 그 짧은 점심시간에도 농구를 하는 남자아이들이 몰려 있었다. 그리고 그 주변에는 구경하는 여자아이들도 몰려 있었다.

민영은 태성을 바라봤다.

큰 키에 꾸미지 않은 머리. 그럼에도 불구하고 눈에 띄었다. 농구를 잘하는 것과는 별개로 돋보였다.

고등학생인 민영이 태성이를 좋아했다는 것을 그 안에서

'체험'하고 있는 현재의 민영도 고스란히 느꼈다.

그 순간 뒤에서 손이 하나 쑥 다가오더니 딸기 우유를 낚아채 갔다.

"너희는 매일 딸기 우유만 마시냐?"

영민이었다. 영민은 민영의 딸기 우유를 가져가서 빨대를 빨았다.

"에이, 더럽게 어디에다 입을 대고 먹어."

민영은 다시 딸기 우유를 낚아채 왔고, 빨대를 탈탈 털다가 우유에 뒤집어 꼽았다.

"야 뒤집어 꼽으면 더 깨끗하냐? 마찬가지 아냐?"

"기분이 다르지. 네 침이 더럽다기보다 너랑 간접 키스를 한다는 사실에 기분이 더러워."

"야, 이리 내놔. 앞뒤로 쪽쪽 빨아줄 테니까."

민영과 영민은 특유의 티키타카를 하고 있었고, 은서는 비웃듯이 쳐다보고 있었다.

고등학생 민영의 안에서 현재의 민영은 그때의 행복감을 그대로 느끼고 있었다. 입시라는 지옥 속에서 그 잠시의 틈은 완전한 행복이었다. 거의 10년 전에 민영이 느끼는 감정은 지금 민영이 느끼는 감정과는 비슷한 듯 달랐다. 그걸 민영은 확연히 알 수 있었다.

10년 전 민영의 감성은 할리퀸 로맨스의 감성이었다.

중학교 2학년 때 이모가 책 한 박스를 집에 가져왔다. 한참 모은 것이라고 했다. 이사할 때 그냥 버리기 아깝다며 혹시 보려면 보라고 했다. 그 안에서 나온 건 얄팍한 두께의 로맨스 소설들이었다. 연애, 사랑, 결혼 가끔은 성애까지 그 안에 잔뜩 있었다. 이모는 그 책들을 할리퀸 로맨스라고 불렀고, 예전에는 한창 그 안에 빠져 살았다고 했다. 민영도 그 안에 빠져들었다. 이모는 유전이라며 좋아했다. 정작 엄마는 애를 망쳤다며 이모를 탓했다. 이모는 책 읽는 습관을 들이는 데에 이만 한 게 없다며 엄마를 설득했다.

이모의 말은 어느 정도 맞았다. 민영은 이모가 가져다준 할리퀸 로맨스 이외에도 로맨스 소설이라면 다 찾아 읽기 시작했다. 다 비슷비슷한 이야기지만 그래서 좋았다.

엄마는 고등학교에 진학하자마자 민영의 책들을 처분했다. 이제 입시에 신경 써야 하니 책 읽을 시간이 없다는 이유에서였다. 책 읽는 습관을 기껏 들여놨는데, 고등학교에서 책을 못 읽는다면 '읽는 습관'은 어디서 사용하느냐며 따졌지만 엄마는 완강했다.

그 이후 고등학교를 졸업하고 나서야 여러 가지 다른 책을 읽기 시작했다. 그러니까 민영의 고등학교 시절은 확실히 할리퀸 로맨스에서 벗어난 적이 없었다.

민영은 당시 태성을 짝사랑했다. 아니 사랑한다고 생각했다. 로맨스는 다 그렇게 이루어지는 거니까. 지금의 민영은 그때 민영이가 느낀 감정을 그대로 느꼈다. 이건 삼각형 같은 뾰족한 마음이었다. 각이 져 있고, 빈틈 없는 마음이었다. '이래야 해'라고 정해져 있는 마음.

"야, 축구공 날아온다!"

민영은 소리가 나는 쪽을 바라보았다. 소리친 건 영민이었다. 당시의 민영은 영민이도 좋아했다. 그걸 우정이라고 생각했다. 은서를 좋아하는 마음이나 다를 바 없는 마음. 지금 고등학생 민영을 통해 보고 있는 현재의 민영은 그 마음도 그대로 느꼈다. 동그라미와 같은 마음이었다. 각이 없는 마음. 사랑이 아니더라도 이런 마음이 지금의 민영에게는 더 필요할지도 몰랐다.

사랑이라고 생각했던 삼각형 마음은 머릿속으로 만든 마음이란 걸, 지금에서야 깨달았다. 그리고 '뻥' 하는 소리와 함께 눈앞이 하얘졌다.

'아, 맞다. 나 고등학교 때 축구공에 맞아서 기절한 적이 있었지….'

✣

시야가 돌아왔다. 여전히 외시경에 눈을 댄 채였다. 아까 보였던 마스터는 사라지고 없었다. 잘못 본 것인가? 그건 그렇고 지금 기절했다가 깨어난 건가? 민영은 눈을 떼고 타이머를 보았다. 마이너스 110분 그대로였다. 시간이 흐르지 않았다.

"나 고등학교 때 축구공에 맞아서 기절한 적 있잖아."

민영은 영민에게 말했다.

"응, 있었지. 갑자기 그건 왜? 저기 뭐가 있어?"

영민은 민영이 눈을 뗀 외시경에 눈을 가져다 댔다.

"그때 누가 나를 학교 양호실이 아니라 병원으로 데려간 거야?"

"그걸 지금 와서 묻냐? 내가 너 들쳐 업고 뛰느라고 얼마나 고생한 줄 알아? 애가 좀 무거워야지. 게다가 말도 없이 학교에서 나갔다고 선생님한테 한소리 들은 것까지 포함하면 넌 나한테 좀 잘해야 해."

영민이 외시경에서 눈을 떼고 억울한 얼굴을 하고 말했다.

"그때도 너였구나. 고마웠어, 그때. 지금도 고마워."

세상에 고마워하지 않아도 될 친절과 배려는 없다.

"뭐가? 너무 오래 갇혀 있어서 산소가 부족한가? 애가 갑자기 왜 이래? 여기서 나가면 마스터인가 뭔가를 가만히 놔두면 안 되겠어. 애를 이 모양으로 만들어 놓다니…."

영민은 부끄러운지 횡설수설했다.

저런 동그란 마음이 지금은 좋다!

그리고 이제 이곳을 나갈 때 필요한 암호를 알 것 같다.

민영은 고등학교를 졸업하고 다시 책과 만났다. 그런데 그렇게 재미있던 할리퀸 로맨스류의 책이 재미있지 않았다. 홈즈에 끌렸고, 뤼팽을 읽었으며, 한국추리소설 협회의 회지를 구독했다. 그런데도 자신을 로맨스라는 틀 안에 넣어 놓고 있었다. 로맨스가 자신을 규정한다고 방금 전까지도 믿고 있었다. 이제 로맨스에 대한 철석 같은 믿음을 내려 놓았다. 그러자 암호가 자연스럽게 떠올랐다.

14–5–22–5–18.

"태성아, 수빈아, 이제 여기 암호를 알 것 같아."

민영은 친구들을 부르고 나서 설명을 이어갔다.

"첫 번째 방의 주제는 first였어. 기억나?"

"응, 두 번째 방의 주제는 loves였지. 그런데 세 번째 방의 주제는 모르겠는걸?"

태성이 말을 받았다.

"세 번째 방의 비밀번호는 315135였어. 이걸 3–15–13–5로 끊어 읽으면?"

"알파벳 순서로…" 수빈이 잠시 생각하더니 말했다. "come이 되네."

"오래 갇혀 있더니 다들 머리가 어떻게 됐나 보다. 이제 숫자만 들으면 알파벳이 튀어나오네?"

영민은 자기 말이 농담이라는 듯 빙그레 웃었다.

"그리고 네 번째 방의 주제는 true였어. 합하면 하나의 문장이 되지. First loves come true."

"첫사랑이 이루어진다. 이미 문장이 완성된 거 아니야?"

"아니. 이 방의 주인공이 겪은 일을 생각해 봐. 첫사랑과 이루어지지 않았고, 혼란을 겪었어. 이 방의 주인공은 어떤 생각을 할까?"

"첫사랑은…" 영민이 고심하다가 말을 이었다. "이루어지지 않는다."

'우리의 첫사랑도 마찬가지고.' 민영은 그 말을 삼켰다.

"그러니까 문장은 이렇게 완성돼. First loves never come true. n-e-v-e-r. 14-5-22-5-18."

민영은 차례대로 비밀번호를 눌렀다. 지잉 하는 소리와 함께 마지막 문이 드디어 열렸다.

타이머의 숫자가 마이너스 120분으로 변하는 순간, 모두 마지막 방을 빠져나왔다.

남아 있는 동그란 마음

“축하합니다. 한 시간 안에 탈출에 성공했습니다. 맡기신 핸드폰과 상품권 받아 가세요.”

카운터로 따지러 왔던 모두는 멍한 눈으로 쳐다볼 수밖에 없었다.

“무슨 한 시간이에요! 우린 세 시간 만에 겨우 탈출했다고요!”

영민이 팔의 근육을 부풀리며 이야기했지만 다시 받은 핸드폰으로 확인한 시간은 실제로 한 시간밖에 흐르지 않았다.

“아니, 진짜 세 시간은 흐른 기분이었고, 또 그만큼 말도 많이 했고, 또 피곤도 했는데….”

태성이도 믿을 수 없다는 듯 중얼거렸다.

"벽에 있는 시계는 세 배로 빨리 돌아가요."

데몬스 로드의 마스터가 심드렁하게 말했다.

"중간에 왜 인터폰 안 받았어요?"

민영이 따져 물었다.

"그게 데몬스 로드의 컨셉이에요. 외부와 연락이 되지 않는 완벽한 밀실에서 탈출하는 것!" 마스터는 일행을 둘러보며 말했다. "어디 불편하신 곳이라도 있나요?"

영민은 어깨를 잡고 빙빙 돌리더니 말했다.

"없어요."

어쩔 도리가 없었다. 한 시간밖에 지나지 않았고 가게의 컨셉이라고 하니 따질 이유가 없었다. 그리고 탈출에 성공했다며 다음에 사용할 수 있는 상품권까지 주니 더더욱 그랬다. 민영은 이곳을 다시 찾을 일은 없을 거라 예상했다.

"재미있었어. 다음에 또 같이 가자."

밖으로 나와서 태성이 말했다. 정말 재미있었던 건지, 예의상 한 말인지는 알 수 없다.

"그래, 다음에 기회가 되면 다시 만나자."

민영은 이제 이들을 보내줘야 할 때가 되었다는 걸 알았다. 더는 붙잡을 이유가 없었다.

"아, 맞아. 이게 내가 보는 웹소설 리스트야."

수빈이 자신의 핸드폰을 눈앞에 내밀었다. 아까 출퇴근 할 때 웹소설을 읽는다고 하더니 진짜였나 보다. 그중 눈에 띄는 아이디가 있었다.

"어? 이거 내가 쓴 소설인데."

"진짜? 아까부터 생각한 건데, 너 정말 대단하다. 어떻게 이런 상상력이 다 있지? '마이마이'가 너였어? 사인을 받아야 하는데… 펜이 없네."

그랬다. 마이마이는 민영의 필명이었다. 민영의 이니셜 M과 Y. 그걸 두 번 사용해서 마이마이. 그 안에는 '나의 민영'이라는 자기애적 의미가 숨어 있기도 했다.

"너도 매우 마이너한 취향을 가지고 있구나. 내 소설 조회수가 별로 안 나와 연재를 빨리 접고 다른 소설을 써야 하나, 하고 생각하고 있었는데 말이야."

민영은 쑥스러움을 감추려고 안경을 치켜올리며 말했다.

"난 그 독특함이 좋던걸? 로맨스 소설이기는 한데… 뭐랄까? 주인공 성격도 쿨하고, 사건을 풀어가는 게 미스터리한 느낌도 있어서 난 즐겨 읽고 있어."

'태성이 아니라 수빈이를 사랑하게 될 것 같아.' 민영은 눈을 반짝이며 수빈을 바라봤다.

"고마워, 열심히 쓸게. 너희도 예쁘게 사랑했으면 좋겠어. 그래서 다음에 만나면 너희 이야기를 들려줘. 내 소설의 소재로 삼게. 너희라면 정말 좋은 로맨스 소재가 될 거야. 선남선녀의 해피엔딩 구조를 너희가 다 가지고 있으니까 말이야."

그 말을 듣고 태성과 수빈을 손을 꼭 붙잡고 웃었다.

'그래, 이거면 된 거야. 내가 아니라도 로맨스는 완성한 거니까.'

태성과 수빈을 즐거운 마음으로 보내주고 민영은 영민과 걸어갔다.

"좀 이상한 날이지만 좋은 날이었어." 민영이 말을 꺼냈다. "여러 가지 생각도 많이 했고."

영민은 민영을 바라보았다. 그러더니 민영의 얼굴 쪽으로 손을 내밀었다. 민영은 순간적으로 가슴이 철렁 내려앉았다.

'갑자기?'

하지만 영민의 손은 얼굴이 아니라 곱슬거리는 머리 쪽을 향했다.

"뭐, 아직 이런 걸 붙이고 다니냐? 칠칠맞게. 여전히 챙겨줘야 한다니까."

영민이 민영의 머리 속에 아직도 숨어 있는 벚꽃잎을 찾아 털어내며 말했다.

"너는 더 칠칠맞거든?"

"아닌데? 난 팔팔맞은데?"

민영은 이런 동그란 마음이 좋았다.

"앞으로 난 추리소설을 쓸 거야. 나한테는 그게 맞는 것 같아."

"추리소설로는 돈 못 벌어."

여러 번 들어서 웹소설계를 잘 알고 있는 영민이 말했다.

"어떻게 되겠지. 아, 은서와 만들기로 한 웹툰은 끝내고 써야겠네. 태성이와 수빈이가 소재가 된다면 로맨스 소설을 한 편 더 써야 할지도 모르겠다. 와, 너무 뒤로 밀리는데?"

"소설가가 소재가 계속 있다면 좋은 거지. 그다음에는 소방관이 주인공인 로맨스 소설도 하나 써라. 물론 남주의 모델은 나지."

"남주는 잘생겨야 하거든?"

"그럼 딱 나네."

"웃기지 마셔."

민영과 영민은 말을 주고받으며 거리를 계속 걸었다. 민영은 이 느슨한 관계에서 오는 즐거움을 더 즐기기로 했다.

꼭 연애 감정일 필요 있나? 그리고 혹시 알아? 언젠가 영민과 로맨틱한 일이 일어날 수도 있지!

그때는 또 로맨스 소설을 쓸 거다. 정말 로맨스란 끝이 없군.

✣

데몬스 로드 카운터. 누군가 찾아왔다.

“NE가 거의 안 나왔어. 오히려 PE가 더 많이 나온 것 같아.” 데몬스 로드의 마스터가 방문객을 위아래로 쳐다보더니 말했다. “이제 어쩔 거야?”

“왜 첫사랑을 이룰 수 있다는 희망을 줬다가 깨버렸는데, NE가 올라가지 않지?”

대답한 쪽은 셰어하우스의 마스터였다.

“희망을 다른 희망으로 대체하는 게 인간이라니까.” 데몬스 로드의 마스터는 혀를 차더니 말을 이었다. “아무튼 나도 이번에 손해 본 게 많아.”

“내일 아침에 집을 다시 방문해볼게. 아침이 되면 생각이 바뀌는 것 또한 인간이니까. 내일 NE를 많이 수집할 수 있다면 그때 신세를 갚기로 하지.”

셰어하우스의 마스터는 어울리지 않게 긴 코트의 옷깃을 여미며 데몬스 로드를 나섰다.

그도 조금 지친 얼굴이었다.

3부

상처

눈치를 보는 마스터

초인종 소리에 잠이 깨버렸다.

현주는 모처럼, 아니 일주만의 토요일이라 잠을 푹 자려고 했는데 그 계획이 깨진 게 기분 나빴다. 그리고 왼쪽 뱃가죽이 아팠다.

방 문 바깥 쪽에서 목소리가 들려왔다.

“어제 혹시 방탈출 카페 갔었어요?”

민영의 목소리였다.

“헛것을 봤을 것이다.”

“내가 봤다고 말하지도 않았는데, 어떻게 헛것인 줄 알아요? 진짜 뭔가 있는 거 아니에요?”

현주는 아무래도 나가서 따져야겠다고 생각했다. 어제는 출근 전에 찾아왔고, 오늘은 주말인데 찾아왔다. 이렇게 매일 여자만 사는 집에 찾아오는 건 스토커 짓이다.

'스토커….'

현주는 스스로 생각해낸 단어 때문에 몸이 굳었다. 생각하지 않으려고 했던 그 단어였다.

현주는 마스터의 얼굴을 떠올리며 한 발 내디뎠다. 그 일 이후로 남자라면 질색하던 현주가 남자가 주인인 이 셰어하우스에 들어온 이유는 스스로 이해할 수 없었다. 마스터가 이 방을 소개할 때는 사람 같지 않은 느낌도 났다. 그는 나한테 집을 보여주며 이렇게만 말했다. "방, 거실, 주방, 화장실." 사실 눈에 보이는 걸 그대로 말로 바꾼 것뿐 설명이 아니었다. 마스터는 마치 사물과 같았다.

"아니, 매일 아침 뭐예요?"

현주는 문을 열고 소리쳤다.

"지금 열 시가 넘었는데…."

손에 측정기 같은 걸 들고 있는 마스터는 우물쭈물 하면서 말했다. 최소한 아침은 아니라는 항변이었다.

"열 시고 뭐고, 왜 매일 아침 오느냐고요. 손에 들고 있는 그건 또 뭐고요?"

"아, 이건… 검침기인데, 측정할 게 있어서…."

마스터는 기에 눌린 듯 우물쭈물을 계속했다.

"여기 방사능 같은 거 나와요? 그러면 우리한테도 알려줘야 하는 거 아니에요?"

"아니, 그런 건 아니고. 건강에는 아무 영향 없는 건데… 설명해줘도 모를 것 같고…."

"뭐래는 거야, 정말?"

현주는 마스터가 아무래도 수상했다. 최근 들어 계속 집에 찾아오는 거 하며, 이상한 기계 들고 다니는 거 하며….

마스터는 현주 쪽으로 검침기라고 부른 것을 슬쩍 돌렸다.

"아, 이쪽에 더 NE가 더 많이 있네."

거의 들리지도 않는 소리였다.

"나가요!"

현주가 그 이상한 꼴을 보고 참지 못하고 소리쳤다.

"여기 내 집인데…."

마스터는 여전히 중얼거리는 목소리로, 눈치까지 보면서 문을 열고 나갔다. 이 모든 과정이 어제와 똑같았다. 변명까지도. 매일 이럴 수는 없으니 뭔가 방도를 찾아야 했다.

"언니, 안녕하세요."

어느새 은서도 나와서 인사했다.

"응, 안녕."

"그런데 마스터가 언니만 보면 쩔쩔매는 것 같지 않아요?"

민영이 말했다.

“그래? 난 모르겠는데?”

“아니요, 확실히 그래요. 우리만 있을 때는 안 그런데, 언니랑 있으면 눈치도 많이 보고 쩔쩔매기도 하고 그러네요. 우리 방 재계약할 때 언니한테 부탁해야겠어요.”

민영이 잔망스럽게 웃으며 말했다. 소설가 지망생이라고 하는데 밉지 않은 아이다.

“저도 부탁드려요.”

은서도 부드럽게 웃으며 말했다. 민영과 친구 사이라고 했다. 단발머리가 어울리는 완전한 도시 여자인데 생긴 것답지 않게 착한 아이다. 꾸미고 다니면 남자들이 줄을 설 만도 한데, 그럴 마음이 없는 듯 행동한다.

‘아니지, 남자가 따라다니는 게 꼭 복은 아니지.’

현주는 지난 일을 떠올리며, 고개를 흔들었다.

사실 셰어하우스를 선택한 이유도 이들이 있기 때문일 것이다. 현주는 원래 천안에서 올라와 서울에서 자취를 오래 했다. 그러다 2년 전 그 일을 당하고 나서 혼자 사는 게 너무 무서워 같이 살 사람을 찾았다. 그러다 셰어하우스라는 형태를 알게 되었고 이 집을 계약했다. 같이 살지만 독립적인 삶을 유지할 수 있다는 게 지금 현주의 상황에 잘 맞았다. 친구 사이라는 이 둘이 먼저 셰어하우스에 입주해 있었고, 믿을 만해 보였다. 마스터는 좀 수상했지만 무해해 보였고, 무엇보다 다른 셰어하우스에 비해 상당히 저렴했다.

"에이, 잠이 깬 김에 운동이나 하러 가야겠다."

현주는 기지개를 켜면서 말했다.

"언니, 정말 부지런하시네요. 토요일에 운동이라니. 그래서 그 키에 그 몸을 유지하고 있나 봐요."

민영이 말했다. 현주는 키가 170센티미터가 넘는데, 매우 탄탄한 몸을 유지했다. 현주도 스스로 '삼십 대 중반 치고 이 정도면 훌륭하지' 하는 자부심이 어느 정도는 있었다. 다만 남에게 보여주려고 운동을 하는 게 아니라 온전히 자신을 위해 운동하고 있었다.

"나도 조금 이따가 나가봐야 해. 간판 작업할 게 좀 남아서."

은서도 말했다.

"하긴 나도 마감해야 해. 어제 놀러 다닌 거를 보충해야지. 독자님도 직접 만났으니 마감은 지키는 모습을 보여줘야 해."

"뭐야? 그러면 결국 나만 노는 거잖아. 나중에 시간 되면 우리 밥이라도 한번 먹자. 요즘 다들 너무 바빴던 것 같으니…."

현주가 제안하자 은서와 민영은 고개를 끄덕였다. 같이 사는데 모여서 맥주 한 잔 기울여본 적도 없다. 셰어하우스라는 게 원래 그런 것이기는 하지만.

세입자끼리의 간단한 수다를 끝내고 현주는 운동복으로 갈아입었다. 의도한 일정은 아니지만 오래간만에 한번 달려보기로 했다.

세상 만나기 싫은 사람

'낭패다. 오늘은 의도대로 되는 게 하나도 없는, 운명의 날인가 보다.' 오래간만에 한강까지 달려보려고 나왔는데, 불광천 조깅코스가 인산인해다. 이래서는 사람을 피하는 일이 달리기보다 더 큰일이다. 이 길에 벚꽃이 만개했다는 걸 깜박했다. 주말에 가족 단위로 벚꽃을 즐기러 나온 사람 사이에서 오렌지색 레깅스를 입고 서 있는 자신의 모습이 창피했다. 레깅스가 운동복으로 그리 별나다는 생각을 못했는데, 모든 것은 상황에 따라 달리 보이는 모양이다.

'그래, 어차피 여기까지 나왔는데 벚꽃놀이 한다고 여기고 산책이나 하자.'

현주는 천변을 따라, 사람들 사이로 천천히 걸었다. 그동안 이런 여유를 즐기지 못했다. 그러니 산책도 나름 도움이 될 터였다. 레깅스는 역시 산책 복장으로서는 튀었지만.

바람이 시원하게 불었고 그 바람에 벚꽃이 휘날렸다. 앞을 스쳐 가는 벚꽃을 향해 손을 뻗었다.

딱히 벚꽃잎을 잡으려는 의도는 없었는데 몇 개의 꽃잎이 손 안으로 들어왔다. 현주는 예전에 들었던 이야기가 생각나 픽 하고 웃고 말았다.

'떨어지는 벚꽃을 잡으면 첫사랑이 이루어진다.'

그럴 리가 없다. 이루어지고 싶지 않은 첫사랑이라면 너무 일방적이다.

현주는 손 안에 들어온 꽃잎을 다시 놔줬다. 꽃잎은 바람을 타고 어디론가 날아갔다.

"어, 현주야?"

현주는 설마 하는 마음에 뒤를 돌아봤다. 설마가 설마가 아니게 됐다.

거기에 혁수가 서 있었다. 고등학교 때 처음 만난, 현주의 첫사랑. 여기 있으면 안 되는 사람.

"네가 왜 여기 있어?"

"우리 만난 지 10년도 훨씬 더 지난 것 같은데 첫마디 말이 그거야?"

정확히 말하면 15년도 넘었다. 헤어진 그날 이후 한 번도 만난 적이 없으니까. 피했다고 해야 할까?

"만나지 말아야 할 사람을 만났는데 그럼 어떻게 말해야 할까?"

"난 반가운데."

"나랑 사귀고, 나한테 생일 선물 받고, 나한테 크리스마스 선물 받고, 내 첫 키스를 받고, 내…." 현주는 잠시 말을 쉬었다. 말할수록 열받아서 이 좋은 날 얼굴이 빨갛게 변하고 있음을 느꼈다. "그러고도 다른 여자에게 생일 선물 사주고, 다른 여자에게 크리스마스 선물 사주고, 다른 여자에게 키스하던 너를 내가 어떻게 반가워할 수 있을까?"

"뭐 그렇게 오래된 이야기를 꺼내고 그래. 그냥 고향 사람 만났는데 친구처럼 어디 카페 가서 이야기 좀 하지 않을래?"

혁수는 진짜로 오래된 친구를 만났다고 믿는 듯한 표정으로 말했다.

현주는 주변에 있는 벚나무를 다 베어버리고 아까 첫사랑을 떠올린 자신의 뇌를 리셋시키고 싶었다. 자기가 그런 생각을 떠올려서 혁수가 이 자리에 나타난 것만 같았다.

"제발 꺼져라. 넌 오랜 친구가 아니라 오랜 원수다. 너 때문에 남자를 믿지 못하게 되었고, 너 때문에 거절이 일상이 되었고, 너 때문에 내 인생이 꼬였어."

'너만 아니었으면 그 사건이 일어나지도 않았어.'

사실대로 말하자면 그 사건이 혁수 때문에 일어난 건 아니었다. 하지만 거절 때문에 일어난 사건인 것은 맞다. 그렇다고 그때 승락해야 했다는 건 또 아니다. 현주는 머릿속이 복잡해짐과 동시에 왼쪽 뱃가죽이 저릿하게 당기는 느낌을 받았다.

"이 근처에 주문이 있어서 왔다가 너를 만나서 반가웠는데 넌 전혀 아닌가 보네."

아직 혁수는 포기 안 했는지 얼굴에 미소를 지었다. 현주는 그 미소가 꼴 보기 싫었다.

"경고하는데 네가 무슨 일을 하는지 나는 전혀 알고 싶지 않아. 그냥 꺼져. 가능하면 이 동네에 오지 마. 앞으로 너의 기억 속에 나는 없는 거야."

"왜, 남편 때문에 그래? 나도 결혼했어. 그냥 이야기나 하자는 거라고."

"아직 결혼 안 했고 너 결혼했는지도 궁금하지 않아. 궁금한 게 하나 있다면, 그 불쌍한 사람이 누구냐 하는 것뿐이야." 현주는 폭발하고 말았다. 집어 던질 게 없는지 주변을 두리번거렸지만 요즘은 길에 돌 같은 게 떨어져 있지 않았다. 현주는 꽃잎이 섞인 흙을 던지며 말했다. "그리고 오해할까 봐 말하는데, 내가 결혼했든 안 했든, 남자 친구가 있든

없든 너하고는 말하고 싶지 않아. 제발 꺼져."

"어어?"

혁수는 손으로 흙을 대충 막더니 도망갔다.

현주는 손에 붙은 흙과 꽃잎을 대충 털어내고 나서야 주변을 돌아보았다. 산책 나온 사람들이 흘끔거리며 현주를 쳐다보고 있었다. 현주는 주변 사람들에게 사과해야 할까, 하다가 민망해서 그 자리를 벗어나 달렸다.

'이 망할 레깅스. 더 눈에 띌 것 같은데….'

사람 사이를 5분쯤 뛰어갔을까 싶은 그때, 저 멀리 눈에 띄는 사람이 있었다.

정말 무해한 사람이라고 생각했는데 이제는 거의 확신이 간다. '스토커'다. 더는 당할 수 없었다. 지금 이 감정 상태라면 상대가 그 누구라도 가만둘 수 없다. 마스터! 아침부터 지금까지 쳐다보고 있었던 게 분명하다. 천변에 설치된 운동기구 사이에 몸을 숨긴 저 모습을 현주는 분명히 알 수 있었다. 저 우물쭈물하는 몸놀림과 손에 들고 있는 이상한 기계. 분명했다.

현주는 속도를 더 높여 마스터에게 달려갔다. 가까이 다가가자 마스터는 놀란 듯 몸을 피하려 했다.

"거기 서!"

현주가 지르는 소리를 듣고 마스터는 마침내 도망가기 시작했다. 오래간만에 달리지만, 현주는 중학교 때 육상부까지 했던 사람이다. 꾸물대듯 뛰는 마스터를 금방 따라잡았다.

"왜 쫓아다니는 거야? 너 스토커야?"

현주는 마스터의 어깨를 잡아 돌리며 소리쳤다. 평소에 작게만 느껴졌던 마스터의 눈이 크게 열려 있었다.

현주는 그 눈빛을 봤다. 조금 전의 분노가 사그라지고, 그 눈빛은 평소처럼 무해해 보였다. 다만 조금 놀란 듯 동공이 열려 있었다. 그래서 더욱 검게 보였다.

"그러게 왜…."

거기까지 말했을 때 현주는 눈앞이 환하게 빛나는 것을 느꼈다. 곧 흰 빛에 둘러싸여 아무것도 보이지 않게 되었다.

헷갈리는 마음

시야가 다시 확보되었을 때, 현주는 자기가 더는 천변 벚꽃길에 서 있지 않다는 걸 알았다. 그러나 낯선 곳은 아니었다. 오히려 익숙한 곳이었다.

'이건 무슨 환각인가? 아니면 꿈인가? 왜 갑자기 여기에 왔지?'

그곳은 셰어하우스 현관 앞이었다.

현주는 초인종을 눌렀다. 그러나 현주는 이 몸이 자신이 아니란 걸 알았다. 누군가의 몸속에서 밖을 내다보는 느낌이었다. 초인종을 누르는 손도 자신의 것이 아니었다. 현주라면 비밀번호를 알기에 초인종을 누를 이유가 없었다. 게다가 이 몸 주인의 생각까지 현주는 그대로 전달받을 수 있었다.

셰어하우스의 현관문을 열어준 건 민영이었다.

"어제 혹시 방탈출 카페 갔었어요?"

민영이 물어봤다.

현주가 들어와 있는 이 몸의 주인은 마스터였다. 그리고 바로 오늘 아침에 일어난 일이다. 현주도 이 대화를 아침에 방에서 들었다.

"헛것을 봤을 것이다."

마스터가 말했다. 마스터는 거짓말을 하고 있었다. 마스터는 어제 데몬스 로드에 갔었다. 현주는 그걸 알 수 있었다.

민영의 첫사랑을 망쳐서 NE가 발생하도록 하기 위함이란 생각도 현주의 머릿속으로 전달됐다. NE라는 말을 들은 기억이 났다.

"내가 봤다고 말하지도 않았는데, 어떻게 헛것인 줄 알아요? 진짜 뭔가 있는 거 아니에요?"

민영이 따져 물었다.

마스터는 에너지 수집기를 들여다봤다. 현주는 이제야 그 기계가 휴대폰도 아니고 검침기도 아니고 에너지 수집기라는 걸 알았다. '에너지 수집기가 뭐야?'

마스터는 이상한 생각을 하고 있었다. 왜 첫사랑을 이룰 수 있을 거라는 희망을 줬다가 완전히 빼앗았는데, 네거티브 에너지가 오르지 않지? 오히려 포지티브 에너지가 늘어났잖아. 어제 송은서도 그러더니.

현주는 혼란스러웠다. 마스터의 생각이 현주의 머릿속으로 전달되면 될수록 뭔가 알 수 없는 일이 일어나고 있다는 걸 알았다. 그게 무슨 일인지는 몰라도.

한쪽 방문이 열리면서 은서가 고개를 내밀었다. 마스터는 하루가 지났으니 NE가 올랐을지도 모른다고 기대했다. 하지만 에너지 수집기에서는 아무 반응도 없었다. PE만 더 수집됐을 뿐이었다.

'할당량을 채우지 못하면 곤란한데…' 하고 마스터는 생각했다.

현주가 '뭔지 모르지만 할당량도 있어?' 하고 놀라는 와중에 또 다른 문이 벌컥 열리더니 사납게 생긴 여자가 소리를 쳤다.

"아니, 매일 아침 뭐예요?"

현주의 얼굴이었다. 거울이나 사진이 아닌 실제로 자신을 보는 건 특이한 기분이었다. 자신처럼 보이지 않았다. 저렇게 무서운 표정을 짓고 있는지도 몰랐다.

"지금 열 시가 넘었는데…."

마스터는 변명했다. 마스터는 예전에 알던 한 여인을 떠올렸다. '나와 살지 않았더라면 더 행복한 삶을 살았을 텐데.'

현주의 얼굴을 쳐다보는 마스터의 마음속에는 슬픔이 가득했다.

'뭐지, 이 슬픔은?' 그의 몸 속에서 현주는 슬픔까지 그대로 느꼈다. 눈물이 날 것 같은 슬픔이었다. '마스터는 그럼 이제까지 나를 보고 슬픔을 느끼고 있었다는 것인가? 우물쭈물하는 표정도 겁이 나거나 무서운 게 아니라 슬픔이었던 것인가?'

"열 시고 뭐고, 왜 매일 아침 오느냐고요. 손에 들고 있는 그건 또 뭐고요?"

그 사정을 알 길 없는 현주는 매섭게 몰아붙였다. 아니 몰아붙였었다.

"아, 이건… 검침기인데, 측정할 게 있어서…."

"여기 방사능 같은 거 나와요? 그러면 우리한테도 알려줘야 하는 거 아니에요?"

"아니, 그런 건 아니고. 건강에는 아무 영향 없는 건데… 설명해줘도 모를 것 같고…."

"뭐래는 거야, 정말?"

그때 에너지 수집기가 반짝였다. NE가 들어오고 있다는 신호였다. 마스터는 현주 쪽으로 수집기를 슬쩍 돌렸다. 더 많은 에너지가 들어오고 있었다. 현주는 부끄러웠다. 정확히 그게 뭔지는 모르지만, 이름부터 좋지 않은 네거티브 에너지가 자신에게 많이 나오고 있다는 게 좋은 일은 아닐 듯했다.

"아, 이쪽에 NE가 더 많이 있네."

마스터가 중얼거리자, 현주가 더 표독하게 소리쳤다.

"나가요!"

마스터의 눈으로 자신을 본 현주는 아침의 현주에게 부탁하고 싶은 마음이었다. '제발 현주야, 그런 얼굴 하지 마.'

현관을 나온 마스터는 그 자리에 한참을 서서 생각했다.

이제는 인간의 감정이라는 게 거의 느껴지지 않는다. 기억도 거의 사라졌다. 얼마 안 남은 감정이 강현주 때문에 조금씩 살아난다. 안에서 강현주가 운동을 간다는 소리가 들렸다. NE를 수집하려면 강현주에게도 첫사랑의 희망을 줬다가 그걸 좌절시켜야 한다. 그런데 연이를 닮은 여인에게는 그러기 싫었다. 그래도, 그래도 해야 한다.

'이놈 스토커 맞네. 내가 운동 간다는 것도 알았잖아.'

마스터 안에서 현주는 투덜댔다. 하지만 마스터가 자신을 다른 사람과는 다르게 대하려 노력한다는 것도 알았다. 그 마음을 단어로 표현하자면, '아련함' 같은 것이었다. 도대체 이 사람이 누구인지 어떤 일이 있었던 것인지 감도 잡히지 않았다.

"거기 현대 정육점이죠."

밖에 나오자마자 마스터는 현대 정육점이라는 곳으로 전

화를 걸었다.

"네 맞는데요?"

그 목소리였다. 혁수의 목소리. 마스터는 굳이 천안에 있는 정육점에 전화해서 갈비를 주문했다. 상당히 많은 양이기도 했지만, 마스터가 '지금 당장'이라고 '명령'하자 혁수는 아무 소리 하지 않고 바로 배달하겠다고 대답했다.

이제야 혁수가 주문 때문에 왔다고 한 게 이해가 됐다. 그 주문은 마스터의 것이었고, 천안에서 바로 올라온 것이었다. 모든 게 현주가 첫사랑을 만날 수 있도록 유도한 마스터의 계획이었다.

그리고 마스터는 멀찍이에서 현주와 혁수가 만나는 걸 지켜보았다.

그 장면을 보던 마스터는 많이 당황했다. 현주는 첫사랑을 만나고도 아무 감흥이 없었다. 오히려 NE가 처음부터 발생하더니, 분노로 끝마쳤다. NE를 발생시키는 면에서 보면 성공이었으나, 첫사랑에 분노하는 현주가 불쌍해 보였다. 나중에 좌절하더라도 만남에서는 기뻐해야 할 것 같았다.

현주는 자신을 불쌍하게 보는 마스터의 마음을 느꼈지만 이해할 수는 없었다. 혁수에 대한 감정은 사라졌다. 어차피 지워버리고 싶은 첫사랑이었으니 감정이 생길 것도 없었다. 이제 마스터가 궁금할 뿐이었다.

현주의 시야가 돌아왔다. 아직 마스터의 어깨를 잡아챈 상태 그대로였다.

앞에 마스터의 눈이 보였다.

“나한테 무슨 짓을 한 거야?”

현주는 그 눈을 똑바로 쳐다보며 물었다. 마스터의 눈동자가 흔들리고 있었다.

우물쭈물과 애틋함 사이

현주는 마스터와 커피를 사이에 두고 앉았다.

검은색 코트를 입은 마스터와 오렌지색 레깅스를 입은 현주의 모습은 전혀 어울리지 않았지만 지금 그게 문제가 아니었다.

"왜 내 안에 들어오게 된 거지?"

마스터가 먼저 입을 열었다.

"그걸 내가 어떻게 알아요? 그리고 왜 매번 반말이에요?"

"뭐… 그럴 만하니까."

마스터는 또 우물쭈물 하면서 말했다.

"반말 문제는 나중에 따지기로 하고 도대체 그건 뭐예요?

빙의 같은 거예요? 마스터 무당이었어요? 도대체 뭐예요? 말을 해봐요."

"그… 말할 시간을 줘야…."

마스터가 느린 말투로 말했다. 마스터 앞에서 커피가 식어 가고 있었지만 딱히 마실 마음이 있는 것 같지도 않았다. 마스터는 눈을 굴리다가 말을 이었다.

"뭐였지? 첫 번째 질문이?"

"아까, 그거! 빙의 같은 거!"

현주는 목소리가 커졌다는 걸 느꼈는지 주위를 두리번거렸다. 카페에 테이블이 차 있었는데, 모두 젊은 남녀였다.

"그걸 뭐라고 불러야 하는지 모르겠는데… 왜냐하면 뭐라고 부른 적이 없기 때문이지. 그냥 다른 사람 안으로 들어와서 쳐다보는 건데…."

"그걸 어떻게 할 수 있어요?"

"그게… 내, 아니 우리의 능력 중 하나니까."

"우리? 우리가 누구예요?"

"질문이 너무 중구난방인데? 이러면 대답해주기가…."

안 그래도 성격이 급한 편인 현주는 답답했다. 궁금한 건 산더미같이 쌓여 있는데, 마스터는 우물쭈물하는 것인지, 원래 성격이 느긋한 건지, 아니면 말해주기 싫은 건지 알 수가 없었다. 그렇다고 자리를 박차고 나가기에는 어마어마하게 큰 궁금증이 발목을 잡았다.

"그러면 일단 다른 건 미뤄두고, 마스터가 어떤 사람인지나 말해봐요. 난 지금 마스터가 어떤 사람인지 정말 하나도 모르겠어요. 솔직히 사람이 맞는 것인지도 의심이 생기기 시작했으니까 그것부터 확실히 하고 다른 이야기를 시작하는 게 좋겠어요."

현주는 아이스아메리카노의 빨대를 빼고 컵째로 벌컥 마셨다.

"내 이야기라면 어떤 부분부터…."

현주는 답답함에 커피를 마시는 대신 얼굴에 부어버릴 뻔했다.

"처음부터! 태어났을 때부터!"

주변 테이블 손님이 돌아보는 게 느껴졌다. 오렌지색 레깅스를 입고 소리 지르는 진상에 대한 이야기가 SNS에 퍼져나가는 상상을 했다. 그 상상 덕분에 다시 목소리를 줄일 수 있었다.

"시간 많으니까 천천히 이야기해주세요."

현주는 이를 악물고 마스터에게 부탁했다.

"너무 오래 전이라 기억이 잘 안 나는데…" 마스터는 현주의 눈을 보았다. 그러고는 고개를 숙이고 중얼거리듯 말하기 시작했다. "생각나는 대로 말해보면…."

벌써 경험해본 절망

태어날 때 마스터의 이름은 '허인'이었다. 16세기 조선에 살던 그는 적당한 양반 집안이었다. 아주 큰 벼슬을 하지는 못했지만 한양에서 남부럽지 않게 살아갈 정도면 사실 적당히가 아니라 상당히 괜찮은 집안이라고 해도 무방했다.

허인은 열일곱 살의 나이에 한 살 어린 김연이라는 규수와 결혼했다. 허인은 김연이가 마른 데다가 키가 아주 커서 처음에는 볼품 없다고 생각했다. 게다가 집안끼리의 약정이라 처음부터 애틋한 관계라고 하기에는 거리가 있었다.

하지만 말을 하면 할수록 잘 통하는 사이란 걸 알았다. 말이 잘 통하는 사이였기에 허인은 연이를 어여삐 여겼고 연이 또한 허인을 존중했다. 둘의 사이가 좋아지니 곧 태기가 있었다.

"아이의 이름은 뭐라고 지었으면 좋겠소?"

허인은 아내에게 물어보았다.

"아직 딸인지 아들인지도 모르는데, 어떻게 이름을 짓겠어요?"

"아들이라면 자네의 이름 중에 이를 취해 허이라고 짓고, 딸이면 연을 취해 허연이라고 짓겠소."

"모두 제 이름에서 따서 지으면 아비로부터는 무엇을 받습니까?"

"나는 성을 주니까 그것이면 족하오."

허인은 삶 자체에 만족하고 있었다. 당시 조정은 권력다툼으로 시끄러울 때였지만 허인의 집은 한 발 떨어져 있었다.

하지만 곧 허씨 집안은 누군가에게 역모를 꾸미고 있다는 모함을 받았다. 허인은 자신은 무고하다고 빌고 또 빌었지만 소용이 없었다. 그러면 처라도 살려달라고 다시 빌고 또 빌었다. 그러자 그들은 처는 살려 주겠다고 했다. 다만 노비로 팔려 간다고 했다.

허인은 아무 힘이 없었다. 그들은 자신이 얼마나 처를 어여삐 여기는지에는 아무도 관심이 없었다. 오히려 어여삐 여기지 않아야 이 화에서 벗어날 수 있었을지도 몰랐다.

허인은 힘없이 처형을 당하고 영만 남았다. 그 허인의 영은 그나마 처가 살아 있는 게 다행이라 생각했다. 그래서 이승의 인연을 잊고 사라지려고 했다. 비록 노비라고 하지만 아이를 낳고 세상이 변하면 나은 처지가 되지 않을까 하는 '희망'을 품었다. 자신은 아무것도 해줄 수 없는 영의 상태지만, 그것만은 빌고 또 빌었다.

희망이 절망으로 바뀌는 데는 그리 시간이 오래 걸리지 않았다. 허인이 처형 당하던 날 연이는 남편의 무고함을 외치다가, 똑같이 역모의 주동으로 몰려 쥐도 새도 모르게 죽임을 당했다는 걸 알게 됐다. 연이의 영이라도 찾아와준다면 위로가 되겠으나, 그녀의 영은 어디로 갔는지 찾을 수 없었다.

허인은 모든 것을 부숴버리고 싶었다. 평생 영으로 떠도는 한이 있더라도, 자신을 모함한 자들 한 명 한 명 찾아가, 피눈물을 흘리게 하고 싶었다. 그들에게도 절망을 선사하고 싶었다.

그때 어디선가 목소리가 들렸다.

"복수를 하고 봉사를 하겠는가?"

허인은 복수라는 말에만 반응했다. 복수할 수 있다면 봉사는 그 어떤 것이든 상관 없었다.

"하겠습니다."

"다시 인간이 사는 곳으로 내려가 복수할 기회를 주겠다.

그러나 만약 다시 죽는다면 영도 소멸할 수 있다. 복수하겠는가?"

"하겠습니다."

그렇게 허인은 다시 인간이 되었다. 일부러 도적의 소굴로 들어가 잔인함을 몸에 익혔다.

그리고 복수할 수 있는 모든 자를 찾아가 복수했다. 남자의 피가, 여자의 피가 그리고 아이의 피가 허인을 흠뻑 적실 때까지 복수했다. 복수는 분풀이가 되었고, 분풀이 속에서 연이는 잊혀갔다.

연이에 대한 감정도 희미해져 갈 무렵, 다시 목소리가 들렸다.

"복수했는가?"

"예… 했습니다."

"무엇이 남았는가?"

"아무것도 남지 않았습니다."

"그러면 봉사하라."

그날부터 허인은 목소리에 봉사하기 시작했다.

허인은 목소리를 위해 악의 기운을 모았다. 이유는 묻지 않았다. 방법만 물었을 뿐.

처음에는 전쟁이 일어나는 곳과 죽음이 발생하는 곳에서 모았다. 한때는 스님이었고, 한때는 주술사였고, 한때는 목회자였다. 혹자는 '악마'라고 불렀다. 그러다 알게 되었다. 자신과 반대의 일을 하는 이도 있다는 것을. 당연히 그들에게는 '천사'라는 듣기 좋은 이름이 붙었다.

전쟁이 줄고 죽음이 만연하지 않는 시대가 오자 허인은 새로운 능력을 받아 기운을 모으기 시작했다.

이때부터는 악의 기운이라고 하지 않고 '부정적 기운'이라 불렀다.

그렇게 500년을 봉사하고 나니 정신은 지치고 감정이 사라지기 시작했다.

이제 부정적 기운을 네거티브 에너지, 즉 NE라고 부르는 시대까지 왔다. 점점 에너지를 모으는 게 힘들어졌다. 허인은 감정이 사라지고 있어서 그런지 NE를 모을 방법이 떠오르지 않았다. 허인은 고육지책으로 셰어하우스를 만들어서 그곳 세입자의 NE를 모으기 시작했다.

✣

"그래도 당신한테서 NE가 제일 많이 나왔어. 그 점은 고맙다고 해야 할까…."

"네 참 다행이네요."

현주는 빈정거리며 커피를 마시려다 관뒀다. 이미 얼음이 녹아 보기 흉한 갈색 물로 변해 있었다.

"그거 마실 거예요?"

현주는 마스터 앞에 있는 커피를 쳐다보았다. 이미 식어서 아이스와 따뜻한 커피의 중간 정도가 됐지만 아직 마스터가 입을 대지는 않은 듯했다.

마스터는 대답도 없이 커피를 앞으로 내밀었다. 현주는 그것을 받아서 벌컥 마셨다. 입맛이 썼다. 입맛만큼 기분도 씁쓸했다. 마스터의 말을 그대로 믿는다면, 그의 인생은 정말 엉망진창이었다고밖에 표현할 수 없었다. 감정이 증발돼 본인은 그렇게 생각하지 않는 것 같지만.

스토커 짓을 하던 마스터에게 화풀이하려 했는데 이제 약간 동정이 간다.

"연이라는 분은 나하고 닮았어요? 키 크고 마르고?"

마스터는 한참을 생각했다.

"비슷한데… 요즘은 키 크고 말라도 볼품 없다고는 안 하니까, 뭐…."

"그럼 지금, 마스터 눈에는 내가 볼품 없다는 거예요?"

"내가 그렇게 말하지는…."

"됐어요. 마스터한테 외모 칭찬 들어봤자 나한테 이득 될 것도 없어요."

현주는 다시 한번 쏘아붙이고 커피를 마저 마셨다. 두 잔

째부터는 디카페인으로 마셔야 하는데 깜박했다. 여러모로 오늘 밤에 잠을 자기는 글렀다.

"그건 그렇고. 아직 그 네거티브 에너지인지 부정적 기운인지를 모으는 이유는 몰라요?"

"알긴 아는데… 정확히는…."

"말끝을 흐리지 말고 알면 안다, 모르면 모른다 정확하게 말해요."

"말 그대로인데… 정확하게는 모르지만, 어느 정도는…."

"잠깐 기다려요."

현주는 벌떡 일어나 카운터로 가서 디카페인 아이스커피 하나와 핫초콜릿 하나를 주문했다. 답답한 대답을 듣고 있자니 열불이 났고, 그대로 앉아 있으면 소리를 지를 것 같았으며, 커피 한 잔 시켜놓고 자리를 오래 차지하는 것도 진상 같아 보였기 때문이다. 앞으로도 답답하게 오랫동안 이야기를 들을 것이기에.

"자, 달달한 거 한 잔 마시고 이야기해봐요."

현주는 마스터에게 핫초콜릿을 권했다. 커피는 안 마시는 것 같았다.

핫초콜릿을 마시고 나니 마스터의 얼굴이 약간 풀어졌다.

"내가 뒷말을 흐리는 게 아니고… 반말을 싫어하니까…."

"알았어요. 알았으니까 불안의 정서부터 이야기해요."

"불안의 정서가 아니라 부정의 기운."

"알았으니까, 시작해요!"

결국 소리를 지르고 말았다. 또 NE가 나왔을 게 뻔하다.

중간에도 수십 번 다른 곳으로 빠질 뻔했지만 마스터의 말을 종합하면 이랬다.

세상의 균형을 유지하는 두 가지 힘이 있는데 예전에는 그것을 선과 악이라고 불렀고 이제는 긍정의 기운과 부정의 기운, 영어로 포지티브 에너지와 네거티브 에너지로 나눈다.

이 두 에너지가 균형을 맞춰야 인간이라는 생물이 멸절하지 않을 수 있다. 마스터가 '목소리'라고 말한 그 누군가가 그렇게 세상을 유지시키고 싶어 한다. '목소리'의 목적과 의도 그리고 목소리가 몇인지도 마스터는 모른다. 알아낼 방법도 없다. PE가 너무 많아지면 NE를 수집했다가 그것을 PE가 많은 곳에 전파하고, NE가 너무 많아지면 PE를 모았다가 NE가 많은 곳에 전파한다.

"내 말이 맞죠?"

"뭐… 대략은…."

마스터는 핫초콜릿을 한 번 마시더니, 한 번 더 마셨다. 달곰한 걸 좋아하는 걸 보니 귀엽게도 보였다.

"그런데 첫사랑에 실패하면 NE가 다량으로 나올 줄 알았다고요?"

"희망이 절망으로 바뀌는 순간 NE가 엄청나게 많이 나오는 걸 내가 알고 있으니까…." 마스터는 말을 잠시 멈추더니 창밖을 한 번 바라보고 나서야 말을 이었다. "내가 그랬으니까."

현주는 자신의 고통을 담담하게 이야기하는 마스터에 마음이 조금 열렸다. 그 사건 이후 남자에게 이런 마음을 느낀 건 처음이다. 물론 앞에 있는 건 일반적이지 않은 남자, 감정이 사라진 남자였다.

"마스터는… 계속 실패할 거예요. 다른 사람의 감정을 모르니까 언제 NE가 나오는지 정확하게 알 수 없죠."

"그러면 어떻게 하지?"

"내가 도와줄게요."

"어떻게?"

"사라져가는 감정을 기억나게 하면… 되지 않을까요?"

"그런데 왜 나를 도우려고 하지?"

그 말에 답하지 못했다. 마스터를 돕는다는 것은 부정의 기운을 더 많이 만들어낸다는 소리나 다름 없었다. 그건 사람들에게 해가 되는 것 아닌가?

그저 마스터의 감정을 되살려주고 싶은 것도 사실이었다. 지금까지 만났던 사람은 현주에게서 무엇인가를 강탈해갔다. 그러나 지금 앞에 있는 이 사람은 자신보다 더 큰 고통을 안고 있었다. 빼앗기는 게 아니라 무엇인가를 주고 싶었다.

"그냥 도와주고 싶어서요. '그냥'이라는 것도 감정이에요." '그냥' 무언가를 해주는 사람은 없다. "배가 고프니 나가서 떡볶이라도 먹어요."

"난 배가 고프지 않는…."

"배가 고파서가 아니라 같이 떡볶이 같은 걸 먹어야 다시 감정이 살아난다고요! 아까 핫초콜릿 먹고 좋아했잖아요!"

현주는 또 소리를 치고 말았다. 이 사람의 감정을 살릴 수 있을까?

다른 사람을 통하는 능력

카페에서 나오니 또 하얀 벚꽃이 눈에 들어왔다.

아침보다 더 빨리 꽃잎이 떨어지고 있었다. 온통 꽃잎이 눈송이처럼 날렸다.

현주는 자신도 모르게 꽃잎으로 손을 뻗었다가 황급히 접었다.

마스터가 어떤 능력으로 그렇게 하는지는 모르겠지만 또 혁수 같은 놈이 나타날까 봐 두려웠다. 또 혹시라도, 아직 교도소에 있을 그 놈이라도 나타난다면…. 생각이 거기까지 미치자 왼쪽 뱃가죽이 저려왔다.

켈로이드 피부 치료를 놓쳤더니 흉터가 볼록 튀어나오고

가려워서 가끔씩 그날의 기억을 되살리게 한다.

마스터는 뒤에서 아무 말 없이 쫓아오고 있었다. 이런 일이 싫다면 사라질 '능력'도 충분히 있을 텐데, 분명 좋아서 쫓아오고 있을 것이다. 현주는 그냥 그렇게 믿었다.

'코스모스.'

간판에 그렇게 쓰여 있었다.

"은서하고 민영이가 여기 자주 왔다고 하더라고요. 즉석 떡볶이를 하는 집인데 예전에는 DJ도 있었다고 해요."

가게 안으로 들어가서 현주가 설명했다.

자리를 잡고 앉아 주문하자 냄비에 떡볶이와 채소가 담겨 나왔다.

"이 가게 이름이 코스모스예요. 꽃 이름에서 따왔겠지만 코스모스가 그리스어로는 '질서 있는 우주'라는 뜻이래요. 우주에 질서를 유지하는 일은 마스터가 하는 일 비슷한 거 아니에요?"

"음… 그렇게 거창한 일은 아니고…."

마스터는 팔짱을 끼고 떡볶이가 끓는 것만 주목했다.

"이봐요. 사람이 좀 관계를 좋게 하려고 아무 말이나 하면 성심성의껏 대답해주는 거예요. 알았어요?"

"아무 말이나 하면 관계가 좋아지나?"

결심한 지 이제 30분이나 흘렀을까? 괜히 마스터를 도와준다고 약속한 건 아닌가 하는 후회가 밀려왔다.

"지금 나한테서 NE가 나오고 있지 않아요?"

마스터는 그 말을 듣더니 주머니 속에서 에너지 수집기라는 것을 꺼냈다. 도대체 농담이 통하지 않는 사람이다.

"음? 오히려 PE가 더 많이 나오고 있는데…. 이건 나한테는 별로 소용이 없는…."

마스터는 현주의 눈빛을 보고 말을 멈췄다.

잠시 침묵이 흐르고, 마스터가 말을 꺼냈다.

"즉석 떡볶이라면 바로 먹을 수 있어야 하는 것인데, 이건 거리에서 파는 떡볶이보다 늦게 먹게 되니 '즉석'이 아니고, 떡볶이라면 떡을 볶아야 할 텐데 이건 떡을 끓이니 '떡볶이'도 아니다."

갑작스러운 말에 현주는 눈을 껌벅거리며 물었다.

"그게 무슨 말이에요?"

"아무 말."

그제야 현주도 마스터가 관계를 좋게 만들려고 노력하고 있다는 걸 알았다.

"그래요, 아무 말이나 해요."

현주는 씽끗 웃었다.

어느덧 떡볶이가 다 익었다. 현주는 자기 앞접시에 떡볶이를 옮겨 담고 마스터의 앞접시에도 퍼주었다.

"이런 거를 해줘야 상대가 좋아한다고요."

"나도 좋아해야 한다는 건가?"

"됐어요. 그나저나 이제 별로 말을 흐리지 않네요."

"그건…."

말을 해주자마자 말을 흐리기 시작했다. 마스터가 이제 좀 편하게 대하나 보다 하고 생각했던 현주는 그말을 한 걸 후회했다. 시간을 더 주어도 됐는데….

마스터는 말없이 떡볶이를 하나 먹더니 말을 꺼냈다.

"아직 내 질문에 대답해주지 않았는데…."

"어떤 질문이요?"

"어떻게 내 안에 들어왔는지…."

"아, 그걸 내가 어떻게 알아요? 그건 마스터의 능력이라면서요?"

"그게, 다른 사람의 눈과 마음을 통해 세상을 보게 하는 능력이지, 내가 내 마음대로 사람의 생각을 좌지우지할 수 없는 것이라…. 다른 사람의 마음으로 들어가서 상황을 객관적으로 보게 되면 인간이라는 몹쓸 존재를 경멸하게 되면서 NE가 솟구치게 되는 거라고 믿었으니까…."

한편으로는 그 말이 맞을 수도 있겠다 싶었다. 지금까지 현주가 만난 사람 중에 혐오를 일으키는 존재가 꽤 있기는 했다. 그러나 또 한편으로는 좋은 사람들도 있었다.

"결국 비율의 문제 아닐까요? 한 사람 안에서 NE가 나오기도 하고 PE가 나오기도 하듯이. 이런 사람도 있고, 저런 사람도 있고…. 마스터는 사람 공부를 좀 더 해야겠다."

현주는 떡볶이를 먹다가 바지에 흘리고 말았다. 국물이 많이 뜨겁지는 않았지만 오렌지 레깅스 위에 분홍색 얼룩이라니….

마스터가 조용히 테이블 위에 있던 일회용 물티슈을 건네줬다.

현주는 물티슈를 받아들고 얼룩을 닦아내다가 아무도 모르게 혼자 깜짝 놀랐다. 마스터가 물티슈를 건네줄 줄 알다니! 공감 능력이 없는 건 아니었다.

마스터는 물티슈를 건네주고 나서 말했다.

"그런데 다른 사람의 생각 속으로 들어가는 건, 그 사람이 지금 가장 신경 쓰고 있는 상황 속으로 들어가는 건데…. 그래서 송은서는 자기 앞에 있는 사람이 궁금해서 그에게로 들어갔고, 이민영은 자기 자신이 궁금했기에 그 안으로 들어갔고, 그럼 강현주는…. 어?"

"어?"

현주도 동시 '어' 하는 소리를 내고 말았다. 나도 모르게 마스터를 신경 쓰고 있었다는 건가? 그러면 마스터도 자기에게 신경 쓰고 있다는 걸 이제 알았다는 거네?

“아니, 아침부터 와서 신경 쓰게 했잖아요!”

현주는 소리를 질렀다.

“아니, 그건 에너지를….”

“그런 에너지 같은 소리 좀 그만하고…” 현주는 에너지 이야기를 들으니까 뭔가 아이디어가 생각났다. “그건 그렇고 좋은 아이디어가 있는데 NE를 뿌리면 NE가 더 나오지 않을까요? 사람은 부정적인 생각이 한번 주입되면 부정적인 생각을 더 많이 하니까. 그 NE 모은 걸 다른 사람에게 주입하거나 하면 더 쉽게 NE를 모을 텐데….”

마스터는 심각한 표정을 짓더니 입을 뗐다.

“그건 너무 악마적인데….”

“악마한테 악마적이란 말을 들으니 별로 기분이 좋지 않네요. 그냥 그쪽처럼 인간미가 없는 사람, 사람이 아닌가? 어쨌든 그쪽을 감안해서 아이디어를 낸 것 뿐이라고요.”

현주는 속으로 분했다. 자기가 그런 아이디어를 떠올린 것 자체가 기분이 나빠지기 시작하다가 자신도 똑같은 사람이라는 생각이 드니 피식 웃음이 나왔다.

“그러네요, 인간이란 악마보다 더 악마적인 생각을 잘하네요.”

“뭐, 좋은 아이디어였다. 다만 그렇게 에너지를 나의 이익에 사용하면 안 된다."

마스터는 마지못해 칭찬했다. 악마한테 칭찬을 받다니.

"그런데 그게 왜 마스터한테 이익이죠?"

"NE를 모으는 게 나한테 이익이니까. 그러니까 NE를 사용해서 NE를 모으는 건 나의 이익이다."

"말도 안 되는 소리! 그런 일을 열심히 하는 게 무슨 이익이에요?"

"그렇게 에너지를 내 마음대로 사용하면… 처벌을 받기도 하고…."

"무슨 처벌이요?"

"능력을 다 잃고, 나약한 인간으로 돌아간다든가…."

"인간으로 돌아가는 게 처벌이에요?"

"지금 나한테는 아무 목적이 없거든. 이 상태로 나약한 인간으로 돌아가면 아마도 그리 오래 살지 못할 거고…. 많이 봤지. 인간으로 돌아갔다가 스스로 생을 거둬버리는 악마들을. 결국 인간이 되는 건 고통만 남은 삶을 어느 정도 지속하는 형벌을 받는 셈이지. 우리는 이미 고통스러운 삶을 경험해봤기 때문에 그 고통을 다시 겪는 게 두렵다."

마스터는 처음으로 고개를 돌렸다. 마스터도 이런 말은 눈을 마주치면서 할 수 없나 보다.

마스터는 다시 고개를 돌리더니 물었다.

"강현주 씨도 고통이 좀 있는 것 같던데…."

마스터의 시선이 현주의 왼쪽 아랫배에 닿았다.

현주는 그 시선만으로도 배에 찌릿함을 느꼈다.

마스터가 자신을 신경 써 줬다는 게 일부 고마웠고 마스터, 아니 허인의 이야기를 들었으니 자신의 이야기도 해줘야 공평했다.

아주 개인적인 상처

현주는 혁수와의 사랑에서 상처를 많이 입었다. 첫사랑에 배신당한 것이라 더 그랬는지도 모르겠다. 그래서 그때부터 사람이 접근하는 것을 꺼리기 시작했다.

"현주야, 밥 한번 먹자."

"네… 제가 약속이 있어서요."

"언제라고 안 물어봤는데?"

현주는 남자라면 그 누구든지 그냥 친해지려고 접근하는 것조차 피했다. 현주는 친구의 남자 친구도 피했고, 철저히 거리를 두었다. 그래서 주변에 여자 친구가 정말 많았다. 현주는 여자에게 '믿을 만한' 친구였다.

그렇게 남자에게 거리를 두는 태도를 유지하는 게 편한 측면도 있었다. 남자 사원하고 어울리지 않으니까 오히려 평판이 올라갔다. 큰 키에 마른 몸 그리고 태도가 합쳐져 카리스마 있다는 이미지도 쌓였다. 사실 겁이 나서 남자를 꺼린 것뿐이었는데….

그러다 그 사람을 만난 건 마음이 조금 무뎌진 시절이었던 듯하다. 김원형 대리. 회사에 사무기기를 대여하는 리스 업체 직원이었다. 현주의 업무와도 관계가 있어서 몇 번 인사하고 지내는 사이였다. 사내에서 자주 만날 사람도 아니기에 현주는 친절하게 대했고 원형도 예의가 있었다.

그러다 원형이 정중하게 한번 만나자고 제안했고, 현주도 자신의 틀을 깨고 나오고 싶은 마음이 조금은 있었기에 두어 번 저녁을 먹고 차를 마셨다.

원형과는 이야기가 잘 통하는 느낌이었다. 그런데 사건은 누군가에게는 중요한 일이고 누군가에게는 별것 아닌 일 때문에 벌어졌다.

원형과 현주는 그날 맥주를 한잔하기로 했다.

술은 많이 마시지 않았지만 그때까지 분위기가 좋았다. 어느덧 맥주가 한 모금밖에 남지 않았는데, 원형이 카운터 쪽으로 가더니 서비스 과자를 바구니에 잔뜩 받아왔다. 마카로니를 튀긴 알록달록한 과자였다.

"너무 많이 가져왔는데요?"

현주가 말했다.

"어차피 서비스인데 뭐 어때요."

원형은 별것 아니라는 듯 말했다. 현주는 원형이 과자를 좋아하는가 보다 하고 여기며 대화를 이어나갔다.

"시간이 늦었는데 이제 일어나시죠."

원형이 예의 바르게 말하며 일어났다. 현주도 자리에서 일어났는데, 원형이 남은 맥주를 과자가 들어 있는 바구니에 부어버렸다.

"왜 거기에 맥주를 부어요?"

현주는 깜짝 놀라서 물었다.

"그래야 재활용을 못하죠. 요즘 음식 재활용이 얼마나 많은데요."

"처음부터 안 가져왔으면 됐잖아요. 그리고 이렇게 해놓으면 청소하고 설거지하는 게 얼마나 힘들겠어요?"

"현주 씨, 이게 왜 문제예요? 내 거잖아요. 내 과자고 내 맥주였다고요. 내 것을 내 맘대로 하는 데 뭐가 문제예요?"

현주는 이 상황을 이해 못 하는 원형이 이해되지 않았다. 아주 작은 행동 하나에 원형에 대한 모든 호감이 사라져버렸다. 이 상황을 두고 싸우고 싶지도 않았다. 현주는 더 이상 관계를 진전시키지 않기로 했다.

"앞으로 저한테 연락하지 않았으면 좋겠고 회사 일로 얼굴 보게 되면 전처럼 업무에 대한 이야기만 하기로 해요."

현주는 바로 집으로 돌아갔다.

그날 밤에도 전화와 문자가 왔지만 현주는 원형을 차단했다. 현주는 이제 다시 예전의 생활로 돌아가면 된다고 담담하게 생각했다. 그러나 현실은 그렇게 되지 않았다.

원형은 끊임없이 회사로 연락해왔다. 휴대전화는 차단했지만 회사 전화는 그럴 수 없었다. 어떻게든 전화가 연결됐다. 차분한 말로 타일러서 전화를 끊더라도 잠시였다.

그다음에는 회사로 찾아오기 시작했다. 매일같이 찾아오는 바람에 현주는 회사 생활이 곤란할 지경이었다. 할 수 없이 현주는 회사 상사에게 이야기했다. 다행히 상사는 현주를 이해해주고 거래 회사에 전화해 담당자를 교체하지 않으면 거래하지 않겠다고까지 말해주었다.

현주는 거기서 안심하면 안 되었다. 인간의 집착이란 것을 너무 쉽게 봤다. 한번도 자기 것을 빼앗겨 본 적이 없는 사람의 집착을.

며칠 뒤 퇴근하고 집 근처에 도착했을 무렵, 앞에 서 있는 원형을 발견했다.

현주는 겁이 났지만 예의가 있었던 원형이었기에 대화가 가능하리라 믿었다.

"집은 어떻게 알았어요?"

"거래처니까… 한두 단계만 거치면 알아낼 수 있더라고요. 그런데 왜 나를 피해요?"

"나랑 안 맞으니까요. 그리고 앞으로도 우린 안 맞을 거예요. 그러니 미련 두지 말고 깨끗하게 끝내요. 우리가 사귄 것도 아니었잖아요. 차 몇 번 마신 사이일 뿐이잖아요? 그렇게 시간이 지나면 다시 예전처럼 얼굴 보고도 어색하지 않은 동료로 남을 수 있을 거예요. 원형 씨 좋은 사람이니까, 저는 잊고 다른 사람 찾아가세요."

"무엇이 좋은 사람인데요?"

"예?"

"좋은 사람이라면서요. 어떤 면이 좋았는데요? 그렇게 좋았는데 왜 쳐내는 거죠?"

"그건…."

현주는 딱히 답을 찾지 못했다. 예의상 좋은 사람이라고 말한 거지 진짜 좋은 사람이라고 생각하지는 않았다.

"나는…" 원형은 말하다가 말을 멈췄다. 뭔가를 꾹 참고 있는 인상이었다. 현주는 좋지 않은 기분을 느꼈지만 아직 원형을 믿었다. 원형은 잠시 후 말을 이었다. "나는… 내 거라고 생각한 걸 한 번도 뺏긴 적이 없어요."

"아무도 빼앗지 않았어요. 그저 내가 결정하는 거라고요.

그러니까….”

거기까지 말했을 때 왼쪽 배에 극심한 통증이 느껴졌다. 원형의 손에는 대형 커터칼이 들려 있었다. 현주도 그 칼을 알고 있었다. 원형의 회사에서 납품하는 문구류 중 하나였다. 튼튼하게 생겼다고 생각하던 칼이었다.

“아악!”

현주의 입에서 비명이 터져 나왔다. 배를 움켜쥔 손가락 사이에서는 생각도 못 할 만큼의 피가 흘러나왔다. 차라리 기절했으면 좋으련만 현주는 또렷한 정신으로 고통을 그대로 느껴야 했다.

현주는 쓰러져서 계속 소리를 질렀다. 현주는 원형이 도망가는 뒷모습을 보았다.

원형은 그 정도의 사람이었던 것이다. 사람을 찔러놓고 자기가 무서워서 도망가는 그 정도의 찌질한 사람. 현주는 소리를 지를 수 있을 때까지 질렀다. 그제야 주변에서 사람들이 한두 명씩 다가오기 시작했다. 이윽고 피를 많이 흘려서 그런지 눈이 감겨왔다.

현주는 생각했다.

‘맥주를 부운 과자.’

현주는 맥주를 부운 그 과자였다. 자기 것이니까 남들도 가져가지 못하게 해야 한다. 그게 그 사람에게는 당연한 것이었다.

다행히 상처는 길이에 비해 깊지 않아 생명에는 지장이 없었다. 원형은 긴급 체포되었다.

원형은 현주의 예상보다 훨씬 더 정신이 나간 놈이었다. 재판에서 원형은 현주가 자신을 배신했기 때문에 '죽이려' 했다고 일관되게 진술했다. 아마 그는 자신이 떳떳하다고 생각한 모양이었다. 사정하거나 거짓말할 필요가 없다고 믿었을 것이다. 그렇게 살아왔으니까.

변호사의 조언을 무시하고 한 그 '떳떳한' 진술 덕분에 '살인 미수'가 그것도 '계획된' 살인 미수가 인정돼 집행유예 없이 구속되었다. 다만 초범이라는 말도 안 되는 이유로 형량은 겨우 2년밖에 안 되었다.

원형은 구속될 당시 울음을 터트렸다고 한다. 자신이 한 일을 당당하게 책임질 줄 모르는 사람이었다. 칼을 휘두르고는 도망을 가고, 떳떳하다는 듯 진술하고 나서 구속되니까 울음을 터트리고. 다만 현주는 무서웠다. 분에 못 이겨 칼을 휘둘렀다고 해도 두려운데, 죽이려 했다는 그 말을 전해 들으니, 인간에 대한 공포가 점점 더 커졌다.

그래서 집을 여럿이 사는 셰어하우스로 옮겼고 다행히 무해해 보이는 집 주인도 찾았다. 직장에서도 힘을 써준 덕분에 경력을 유지한 채 다른 지점으로 옮길 수 있었다.

그럼에도 현주는 기본적으로 강한 사람이었다. 두려움을 조금씩 떨쳐내려 노력하고 있었다.

그런데 오늘 다시 그 두려움이 머리를 들려 하고 있었다. 혁수가 찾아온 데다가, 원형의 출소도 얼마 남지 않았다. 접근금지명령이 떨어져 있는 상태이고 주소지도 다 옮겼지만, 그가 아직 '집념'을 떨쳐버리지 않았다면 언제 찾아와도 이상하지 않을 터였다.

마스터의 결심

현주는 말을 마치고 손을 떨었다. 말하다가 두려움이 현실이 된 탓이다.

마스터는 그 손을 바라보았다.

"흠, 미안하군…."

현주는 고개를 들어 마스터를 보았다.

곤란한 얼굴이었다. 자기 때문에 현주의 공포가 되살아났다고 믿는 게 틀림없었다.

'저런 약한 사람이 무슨 악마 노릇을 한다고…. 아, 내가 남 걱정할 때가 아닌데.'

그렇게 마음을 먹으려고 했는데도 현주는 이상하게 마스

터가 신경 쓰였다. 이미 큰 아픔을 간직해서 불쌍한 사람이고, 아픔을 잊었기에 불쌍한 사람이고, 아픔을 피하려 하기에 불쌍한 사람이었다.

현주는 자신의 불안과 마스터의 고통이 만나 서로를 상쇄할 수 있을까? 하고 궁금해했다.

“내가 그 사람과 비슷하다고 했죠?”

마스터는 약간 물기를 머금은 눈으로 현주를 마주 보았다.

“외모를 말하는 것이라면… 조금….”

“내가 혹시 그 김연이라는 여인의 환생 같은 건 아닐까요? 환생이란 게 있다면.”

“환생이 있는지는 잘 모르겠는데…” 마스터는 고개를 까닥하고 숙이더니 말을 이었다. “강현주 씨가 내 처의 환생은 아니다. 내 처는 순종적이었고, 성격이 그리 급하지도 않았으니… 그럴 리가 없다.”

단호하게 말하니 더 기분이 나빠졌다.

“흥, 어쨌든 그… 여인이 마스터의 첫사랑이겠네요. 이전에는 다른 사람을 만난 적이 없으니.”

“그런가?”

마스터는 마음에 들었는지 식어가는 떡볶이 쪽으로 손을 뻗었다. 그때 ‘팔랑’ 하며 벚꽃잎 하나가 마스터의 손에서 빠져나와 떡볶이에 빠져버렸다.

현주는 떡볶이 국물에 물들어가는 꽃잎을 물끄러미 바라보았다.

“마스터도 꽃잎을 잡았네요.”

“잡은 게 하니라 흘러들어온 거 같은데….”

“그게 그거지!”

현주는 오래간만에 목소리를 높였다.

마스터는 고개를 숙인 채 말했다.

“그나저나 강현주 씨의 불안을 내가 해소해줄 수는 있다.”

“어떻게요?”

“그 김원형이 안 찾아오게 해주면 되는 것 아닌가?”

“그러니까 어떻게요?”

“나는 나만의 방법이….”

“그런데 그러면 NE 수집양이 줄어드는 거 아니에요? 나한테 제일 많이 나왔다면서요?”

“그렇긴 하지만… 뭐, 꼭 거기에서만 얻어야 하는 것도 아니고….”

마스터가 고개를 떨어뜨리고 중얼거렸다. 어떤 생각을 하는지 들키지 않으려고 고개를 숙이고 있는 것 같기도 하다. 눈을 마주쳤다가는 그의 속으로 들어갈 수도 있으니.

“그런데 그거 알아요? 앞으로 NE 수집할 때 참고하라고 말해주는 거예요. 사람은 불안도 고통도 마음이 통하는 사람과 함께라면 PE로 바꿀 수 있어요. 그렇게 함께하는 사람들은 희망이 없어지면 새로운 희망을 만들어요. 그러니까 참고 하라고요."

"고통도 함께하면 참을 만하다…."

마스터는 혼잣말처럼 현주의 말을 따라 하다가 떡볶이 하나를 입에 넣고 우물거렸다.

이 고통 또한 즐거운 고통

원형은 잠이 들기 전에 생각이 많았다. 이제 출소가 3개월 안으로 접어드니 더욱 그랬다.

아마도 나가면 이전과 같은 직장에 다니기는 힘들 것이다. 업계에 소문이 자자하게 났을 것이다. 전과와 무관한 일을 해야 한다.

그런데 이런 일이 생기게 만든 원인은 강현주다. 자기가 만나자고 꼬리쳐놓고, 먼저 관계를 끊다니. 그런 사람은 당해도 싸다. 사람을 배신한 대가다. 하지만 2년이나 이런 곳에서 썩는 건 자신뿐이다. 이렇게 불공평할 수가 없다. 나가면 복수해야 한다. 혼자만 당하고 살 수는 없다. 아직 그 방법은 알 수 없지만.

"으~."

울분 때문에 신음이 새 나왔다.

"조용히 하쇼!"

"네, 알겠습니다."

같이 방을 쓰는 사람이 불편했나 보다. 원형은 조용히 눈치를 보다가 잠에 빠져들었다.

잠시 후 원형은 눈앞이 환해지는 느낌을 받았다. '벌써 기상 시간이 되었나? 잠든 지 얼마 안 되었는데.'

원형은 살짝 눈을 떠보았다. 머리맡에 누군가 앉아 있는 게 보였다. 같은 방을 쓰는 사람은 아니었다. 그렇다고 교도관은 더욱더 아니었다. 혹시 꿈인가 생각했지만 그러기에는 자신을 빤히 바라보는 눈빛이 너무나 밝고 생생하게 빛났다.

"누, 누구세요."

"쉿! 어차피 아무도 안 일어나겠지만, 그래도 조용히 하는 편이 좋다."

한 남자가 감정도 없이 무덤덤하게 말했다.

"왜… 왜 이러시는 거예요?"

"난 아직 아무것도 안 했는데? 김원형 맞나?"

"그, 그렇기는 한데… 여기는 어떻게 들어왔어요?"

원형은 몸을 일으키려 했다.

"그냥 가만히 누워만 있으면 된다. 가만히 누워만 있으면 신체적으로는 아무 일도 일어나지 않을 것이다."

원형은 검은 옷을 입은 남자의 말에 몸을 꼼짝도 할 수 없었다. 원형은 가위에 눌린 것은 아닌가 해서 손가락 끝을 움직여 보았다. 다행히 손가락 끝이 움직였다. 그러나 가위에서 벗어나지는 못했다. 가위가 아니었으니까. 남자는 여전히 자신을 뚫어져라 쳐다보고 있었다.

"손가락 끝도 안 움직였으면 좋겠는데… 나도 처음 해보는 거라서 효과를 확신할 수 없다."

남자의 말에 원형은 움직임을 멈췄다. 그저 눈동자만 움직였다. 혹시라도 방에 있는 다른 사람이 도와줄지도 모르겠다고 잠시 기대했지만 아무 움직임이 느껴지지 않았다.

남자는 휴대폰 비슷하게 생긴 것을 품에서 꺼냈다. 그게 무엇인지는 감을 잡을 수 없었다. 다만 공포를 뼛속까지 느끼게 하기에는 충분히 무서운 무엇이었다.

"앞으로 일어날 일을 설명해주겠다. 이 설명이 내가 김원형 씨에게 해줄 수 있는 친절의 전부다. 아무래도 아는 게 모르는 것보다 나을 테니까. 이제부터 김원형 씨에게 NE를 주입할 것이다. 그게 무엇인지는 알 필요 없다."

남자가 기계를 원형 쪽으로 향했다. 원형은 거기에서 무엇인가 나올 것이라 생각했지만 아무것도 나오지 않았다. 다만 기분이 묘해졌다. 조금 전과 다른 공포가 온몸에서 솟아나기 시작했다. 죽을지도 모른다는 생각에 소리를 지를까 하다가 소리를 질렀다가는 더 끔찍하게 죽을지도 모른다는 생각으로 이어져 이러지도 저러지도 못하고 눈만 크게 뜨고 있었다. 눈을 감는 것조차 두려웠다.

"지금쯤 세상 모든 것이 잘못돼 가고 있다는 생각이 들기 시작할 거다. 그 생각이 맞다. 앞으로 계획한 모든 것이 잘못될 거다. 말을 하면 주변 사람이 오해할 것이고, 그 때문에 싸움도 날 것이며, 싸움이 커져 누군가는 크게 다치고 누군가는 목숨을 잃을 수도 있다. 무엇을 하든 그것을 하지 않는 것이 너에게 그나마 이롭다."

남자의 목소리는 이루 말할 수 없이 차가웠다. 원형은 제발 이 순간만 지나가기를 마음속으로 빌고 또 빌었다. 남자는 다시 말했다.

"지금 누구에게 빌고 있는 것인지 모르겠지만 너의 바람은 이루어지지 않을 것이다. 내가 가고 나서도 이 순간은 지속될 것이며, 너의 희망과 바람이 너를 공격할 것이다. 다만 한 가지, 이 상황에서 벗어날 수 있는 방안 하나만 알려주겠다. 몇 년이 걸릴지 모르지만, 네가 만났던 모든 사람에게 감사하라. 네가 진실로 감사하면 그 사람들과의 인연이 너에게 마지막 호의를 베풀 것이다. 오로지 그 희망 하나만 붙잡고 살아라. 그 이외는 없다."

원형은 이제 자기가 눈을 깜박이고 있지 않은지도 몰랐다. 남자는 어느새 사라지고 없었다. 하지만 원형은 눈동자도 돌리지 않았다. 이렇게 밤을 지새울 수밖에 없음을 이미 깨달았다. 이불 밖으로 나갈 용기도 낼 수 없었고, 아침이 오는 것도 아침이 오지 않는 것도 두려웠다.

원형은 오직 한 가지만 확신할 수 있었다. 이제부터 자신이 할 수 있는 일은 아무것도 남지 않았음을.

✣

어느 정도 예상하기는 했지만 현주의 말대로였다.

원형에게 NE를 주입하니, NE가 다량으로 재생산됐다. 에너지 수집기로는 감당할 수 없을 정도로 양이 많았다.

하지만 이 NE를 사용할 수는 없다. 규칙을 어겨 수집한 것이기 때문이다.

마스터는 바로 '목소리'에게 보고서를 쓰기 시작했다. 자신의 개인적 이익을 도모하려 NE를 허락 없이 사용했고 봉사자의 일을 남에게 설명했다. 그에 대한 벌로 능력을 회수당하며, 다시 고통을 느끼는 인간으로 강등되더라도 아무 이의가 없음을 밝혔다.

이전에는 특별한 일이 생겼을 때, 산에 올라가 촛불을 켜고 조용히 내용을 읊조려야 했는데, 이제는 에너지 수집기에 붙어 있는 단말에 내용을 입력하면 되는 것으로 바뀌었다. 세상 사람의 의심을 적게 사야 하니까 조금씩 방법을 달리하는 것 같다.

단말기로 바로 연락이 왔다. 내용은 짧았다.

'강등, 능력 박탈, 기억 유지.'

다행이었다.

단말기의 불빛이 꺼졌다. 이제 '목소리'에 연락할 방법은 없다. 단말기와 수집기는 무엇인지 알 수 없고 작동도 되지 않는 그냥 고철 덩어리가 되었다. 이제 봉사자로서, 임시로 부여받은 신분으로 세상을 고통 속에서 살아야 한다.

마스터는 책상 서랍을 열었다. 거기에는 거의 켜지 않은 휴대전화가 하나 있었다. 봉사자라도 인간의 신분을 유지하려면 반드시 필요한 게 휴대전화였다. 이제는 아무 때나 찾아갈 수 있는 능력을 박탈당했으니, 전화를 걸어야 했다. 그 사람에게.

그 사람이 전화를 받았다.

"강현주 씨? 고통도 함께하면 견딜 만하다는 말 아직도 유효한가?"

전화기 저쪽에서는 잠시 침묵이 흘렀다. 이윽고 목소리가 흘러 나왔다.

“그런 말을 사람들은 ‘대시’라고 불러요.”

“대시가 뭔지는 잘 모르겠지만… 함께하자는 뜻이라면 그렇다. 그리고 내가 강현주 씨의 고통을 일부 줄여줬으니, 나의 고통을 함께하기를 바란다.”

“굉장히 직접적인 요구네요. 뭐, 마스터니까 이해할게요. 그런데… 뭔가 했군요? 뭔지 모르겠지만.”

“그것도 그렇다. 그래야 할 것 같은 일을 했다.”

또 다시 침묵이 흘렀다. 그리고 조용한 말소리가 들렸다.

“인생은 고통이지만 고통이 인생을 나아가게 하는 거래요. 그러니 인생을 나아가게 하는 거라면 함께해도 좋겠죠. 마스터도 엄청나게 성격이 급하네요?”

“그래도 그쪽보다는….”

“앞으로 당분간 모든 사람에게 존대를 하도록 해요. 그래야 주변에 함께할 사람이 늘어날 거예요.”

“난 강현주 씨 외에는 별로….”

“마스터는 더 노력해야 한다고요! 참, 마스터의 지금 이름은 뭐예요? 예전에는 허인이었고, 지금은 뭐였더라? 계약서에서 본 것 같은데… 뭔가 매우 유치한 듯한 이름이었는데….”

“나는 그 이름을 사용하고 싶지 않다…, 아니 않소!”

"'않소'보다는 '않아요'라고 말하는 게 낫죠. 아, 기억났다. 허팔봉. 하하하."

허팔봉이라는 이름은 사용하고 싶지 않지만 강현주 씨가 웃는 건 좋았다.

나약한 인간으로 강등되자 조금씩 감정이 생겨나기 시작했다. 그리움 같은, 조금은 아픈 것 같은 그런 마음. 그러나 계속 가지고 싶은 그런 마음. 아니, 이미 감정이 생겼기에 이런 선택을 한 것인지도 몰랐다.

웃음소리가 끊이지 않았다. 비웃음이라 판단돼 일단 전화를 끊고 싶었다. 그녀에게 비웃음 당하는 이 순간 또한 고통이었다.

즐거운 고통.

에필로그

한 번 큰 비가 내렸다. 비가 그치자 남은 벚꽃은 모두 떨어져 내리고 그 자리를 파란 나뭇잎이 채우기 시작했다.

그리고 사다리치킨 집 간판에 불이 들어왔다. '부모에게도 닭다리 하나쯤 먹을 권리가 있다.' 은서가 정성을 다해서 만든 바로 그 붉은색 간판이다.

"사장님, 안녕하세요."

은서와 민영 그리고 현주가 함께 사다리치킨으로 들어왔다.

"어머, 어서와요."

사장님이 활짝 웃으며 이들을 반겨주었다.

이들이 한자리에 모인 것은 현주의 제안 때문이다. 그동안 같은 집에서 살았는데, 같이 맥주 한 잔 기울인 적도 없으니 '회식'을 하자고 했다. 민영은 '회식'이라는 말이 너무 회사원 같다며 싫다고 했고, 은서가 그럼 '모꼬지'라고 하자고 해서 공식 명칭은 셰어하우스 모꼬지였다.

"사장님, 여기 일단 사다리치킨 하나랑 생맥주 세 잔 주세요."

"오케이. 은서 씨가 왔으니 서비스 안주도 준비해줄게요."

"와! 사양하지 않겠습니다."

요즘 많이 밝아진 은서가 말했다.

세 명이 자리를 잡고 앉자 사장님이 생맥주 세 잔과 마카로니를 튀긴 알록달록한 과자를 나무 바구니에 같이 담아서 가져다 주셨다.

현주는 과자를 보더니 머리를 과장되게 감싸 쥐었다.

"으으, 난 이 과자에 대한 안 좋은 기억이 있는데…."

"어머! 치워줄까요?"

사장님이 깜짝 놀라서 말했다.

"아니에요. 지금 극복하고 있는 중이라 괜찮아요. 잘 먹겠습니다."

현주는 얼굴에 웃음을 띠며 말했다. 실제로 극복 중이기도 했고 마스터에게 그간의 이야기를 들었기 때문에 불안감도 많이 없어졌다. 이제 원형이 다시 찾아오지 못할 것이란 것도 알았다. 그 정도 찌질한 인간에게 부정의 감정이 심어졌다면 평생 불안감에 떨고 살 것이기 때문이다.

"언니, 무슨 일이 있었는데요?"

민영이 물었다. 민영은 현주의 일이 좋은 소재가 될 것이라고 생각했다. 요즘은 로맨스 판타지보다 치정이 얽히거나 미스터리와 추리가 얽힌 이야기가 더 잘 써지기 시작한 참이었다.

현주는 맥주를 한 모금 마시고, 자신의 이야기를 시작했다. 이렇게 남들에게 털어놓는 것도 극복의 한 방편이라 생각했다.

현주가 이야기하는 동안 치킨이 나왔고, 맥주를 두 잔째 시켰다. 현주는 마스터에 대한 이야기만 빼고 그간 일어났던 일들을 말했다. 민영은 끔찍한 이야기라며 위로를 건넸지만, 핸드폰의 메모 기능을 이용해 뭔가를 적어 두는 걸 잊지 않았다.

현주의 이야기를 곰곰이 듣던 은서가 말을 꺼냈다.

"얼마 전 이야기인데, 정말 믿기 힘든 이야기일 거예요." 은서는 민영을 바라보았다. "아니 안 믿어도 되는데… 나 진짜 이상한 일을 겪었어."

은서는 그동안 마음에 담아 왔던 이야기를 꺼냈다. 처음

사랑을 느끼고, 그 이름을 부르자 사라져버린 현성의 이야기였다. 민영은 정말 놀란 표정이었다.

민영은 자기도 알고 있는 그 이름이 나왔기에, 그리고 그날 은서가 자기에게도 연락해온 것을 알고 있기에 믿어야 할 것 같았다. 현주는 어떤 일이 있었는지 알았다. 하지만 내색하지 않기로 했다. 마스터의 일을 말할 수는 없었다.

"그런데 은서 네가 겪은 일보다는 덜하지만, 나도 정말 이상한 일을 겪었어. 내가 첫사랑이라고 믿었던 태성이 기억하지?" 민영은 은서에게 말했다. 그리고 고개를 돌리더니 현주에게도 말했다. "글쎄 떨어지는 벚꽃을 손으로 탁 잡았더니, 그 애들이 내 앞에 서 있는 거예요."

민영은 그날 겪은 일을 셰어하우스 모꼬지 동지에게 털어놓았다. 자기는 사랑이라고 생각했지만 그게 사랑이 아니었을 수 있다는 걸 깨달은 이야기와 한 시간이 세 시간처럼 느껴졌던 이상한 이야기. 그리고 자기 자신 속으로 들어갔던 경험까지.

"어? 정말 이상하다. 난 현성이 속으로 들어가는 경험을 했었는데…. 뭐지? 이 동네에 이상한 병이 도나? 벚꽃 냄새를 많이 맡으면 환각 증세가 온다든지 뭐 그런 이야기 들은 적 있어?"

은서가 이상하다는 듯 말했다. 물론 이 역시 현주는 알고 있지만 말하면 안 된다. 마스터가 말하기를 '목소리'의 비밀을 널리 퍼트리려 하면 마스터의 기억은 물론 주변 사람의 기억까지 삭제할 수 있다고 했다. 다행히 마스터는 '기억 유지' 단계였기 때문에 주변 사람들과 관계를 지속할 수 있다고 했다.

현주가 애써 모른 척하고 있을 때 은서가 말했다.

"사다리치킨이라 정말 다리가 네 개네. 우리는 세 명인데, 누가 다리 하나를 더 먹지?"

"한 개씩 골고루 먹을 수 있어. 내가 한 명을 더 초대했거든."

현주가 말했다.

"누구요?"

"모두가 아는 사람. 아, 저기 오네. 팔봉 씨 여기예요."

현주가 손짓을 했다. 민영은 팔봉이란 이름에 웃음이 터지려고 하는 걸 애써 참고 뒤를 돌아봤다가 깜짝 놀랐다. 먼저 고개를 돌린 은서도 마찬가지였다. 거기에는 마스터가 서 있었다.

"그 팔봉이란 이름 별로 안 좋아한다고 말했지 않소."

마스터는 매우 곤란한 얼굴로 투덜거리며 다가왔다.

"그럼, 뭐라고 해요? 마스터라고 불러야 해요? 그건 싫은데?"

현주가 놀리듯이 말했다.

"와! 두 분 사귀는 거예요? 셰어하우스 주인이랑 입주자가 사귀는 거는 좀 클리셰이기는 하지만, 실제로 보니 새롭네요."

민영이 두 사람을 번갈아 보며 말했다.

"사귄다기보다 서로를 이해하는 사이라고 할까? 어른의 사정을 애들은 모른다."

현주가 웃으며 말했다.

"그러면 현주 언니는 이제 셰어하우스에서 나가는 거예요? 그래서 오늘 모꼬지 한 거예요?"

은서가 놀란 눈으로 물었다.

"아니, 아직 그런 관계는 아니고. 아! 팔봉 씨가 셰어하우스 관리비하고 월세는 좀 조정해줄 거야. 너희에게 빚진 게 좀 있거든."

"뭔지는 모르지만 어쨌든 좋은 거네요. 와!"

은서와 민영이 크게 웃자 마스터는 당황한 듯 현주를 쳐다보더니 말했다.

"이제까지 그런 말은 없었잖소!"

"그런데 마스터의 말투는 왜 그래요? 꼭 조선시대 사람처럼."

민영의 말에 마스터는 당황하는 빛이 역력했다. '어떻게 알았지? 현주 씨가 말했나?' 하는 눈빛으로 현주를 쳐다보자, 현주는 조용히 농담이라고 알려주었다.

"그런데 언제부터 두 분이 만나기 시작한 거예요?"

은서가 호기심을 갖고 물었다. 마스터와 현주가 전혀 어울리지 않는다고 생각했기 때문이다. 아니 현주가 문제가 아니다. 마스터가 누군가와 사귈 수 있는 사람이라고는 상상조차 하지 않았다.

"얼마 안 됐어. 벚꽃이 많이 떨어지던 날이었으니까 비 오기 며칠 전 정도? 운동하러 나갔다가 팔봉 씨를 우연히 또 만나서 티격태격하다가 뭐 그렇게 됐지."

마스터는 팔봉이라는 이름이 나올 때마다 움찔움찔 했다.

"희한하게 벚꽃이 모든 걸 연결해줬네요. 마스터, 이왕 이렇게 된 거 우리 셰어하우스 이름도 좀 벚꽃 셰어하우스 이런 걸로 바꿔봐요. 그러면 더 사람이 많이 올지도 몰라요."

민영이 제안했다.

"어차피 방도 세 개라 더 사람을 구할 이유도 없고, 이미 명진 셰어하우스라는 이름이 있소만."

"그러면 입주민이 원하면 들어줘야죠. 우린 예쁜 이름이 붙은 집에서 살고 싶다고요."

"거기는 내 집…."

마스터가 중얼거렸다.

"그냥 바꿔요. 나도 예쁜 이름이 붙은 곳에서 살고 싶어요."

현주가 마스터의 말을 막고 선언했다. 마스터는 뾰로통한 얼굴이 됐지만 다른 말은 하지 않았다.

"그럼 블라섬 셰어하우스로 해요. 체리 블라섬을 줄여서."

"그거 좋다."

은서가 제안하자 민영과 현주가 동의했다. 마침 사장님이 서비스 안주를 들고 오셨다.

"자, 매운 닭발 서비스입니다."

"난 그런 거 안 먹…."

이번에는 현주가 마스터의 옆구리를 손으로 쿡 찔러서 말을 막았다. 마스터는 작게 '헉' 하는 소리를 냈다.

"누군가 친절을 베풀면 '고맙습니다'라고 하는 거예요." 현주는 인상을 쓰며 마스터에게 주의를 주었다. 그리고 모두를 둘러보며 말했다. "자 우리 블라섬 셰어하우스를 위하여!"

모두 잔을 부딪치는 중에도 마스터는 중얼거렸다.

"거기는 내 집인데…."

"나 잠깐만 나갔다 올게." 건배를 한 후 민영은 휴대전화를 확인하더니 밖으로 나가며 전화를 받았다. "응, 영민아. 우리 집, 이름 바뀌었다. 그래 셰어하우스. 나 사는 데 말이야…."

은서는 영민과 즐겁게 수다를 떠는 민영을 부드럽게 웃으며 바라보았다. 그리고 여전히 티격태격하고 있는 현주와 마스터도 눈을 반짝이며 쳐다보았다. 그러고는 결심했다.

'내년 벚꽃이 피기 전에 나도….'

✣

목소리가 다른 목소리에게 말했다.

"저렇게 쉽게 풀어주어도 되나?"

"어차피 봉사자는 많이 있으니까. 저 녀석은 그동안 훌륭히 봉사했으니 이 정도로 풀어줘도 충분해. 그나저나 다음 녀석을 이번에 수습 봉사자로 내보낼까 하는데."

"어떤 녀석인데?"

"너무 순해서, 벤처 기업의 대표로 내보내려고. 인간에게 좀 배워야겠어."

"그래, 너무 순한 녀석이면 인간에게 배워야지."

그 시간 한 명의 봉사자가 인간 세계로 향했다.

작가의 말

4월의 어느 날, 산책을 하다가 떨어지는 벚꽃을 잡은 적이 있습니다.
그때 이런 말이 떠올랐죠.
'떨어지는 벚꽃을 잡으면 첫사랑이 이루어진다.'
그런데 한편으로는 이런 생각도 했습니다.
내 첫사랑이 이루어진다면, 그 상대는 이루고 싶지 않더라도 사랑을 이루어야 하나?
상대는 내가 첫사랑이 아닐지도 모르고, 기억을 지우고 싶을지도 모르고, 나를 모를 수도 있는데?
그래서 이렇게 로맨스가 아닌 듯하면서 로맨스인 이야기가 탄생했습니다.

은평구 불광천변에는 벚나무가 많이 있습니다.
몇 년 전까지만 해도 벚나무가 작아서 다른 벚꽃 명소와 비교하면 아쉬웠는데 이제 수령이 늘어나니 제법 볼 만해졌습니다.
그래서 나의 상상은 제가 살고 있는 지역과 연결됐습니다.

결국 사랑을 믿는 셰어하우스 입주자와 마스터의 이야기는 이렇게 마무리되지만, 사랑을 믿는 이들의 이야기는 계속되리라 믿습니다.